愛しい鍵

黒崎あつし

幻冬舎ルチル文庫

CONTENTS ✦目次✦

愛しい鍵

✦カバーデザイン＝清水香苗（CoCo.Design）
✦ブックデザイン＝まるか工房

イラスト・街子マドカ✦

愛しい鍵

1

桜の時期はとうにすぎ、緑の色が濃くなる季節。

澄んだ青い空に浮かぶ淡い雲が、ふうわりと移動して行く。

小野瀬《おのせ》明生《あきお》は、校舎内にある、今は使われていない資料館の裏手の庭のベンチに座って、のんびりそれを眺めていた。

通った鼻筋と色みの少ない薄い唇の硬質な雰囲気を漂わせる顔立ちは、遠目から見ると整いすぎてまるで人形のようだ。

だが、近づいてその顔を覗《のぞ》き込めば、その印象は一変する。

猫を思わせる印象的な吊《つ》り目の瞳にやどる輝きに、その気の強さが透けて見えるからだ。

正月に思いっきり短くした黒髪は、風になびく程度には伸びた。

最近は思うところあって以前ほど頻繁に授業をサボらなくなっていたが、体育など、明生にとっては無駄に疲れるだけで学ぶところの少ない授業は、さすがに面倒で遠慮している。

(ひとりになっても、ここなら安全だからな)

明生は、小野瀬グループという、世界的に有名な製薬会社を母体としたグループ企業の跡継ぎで、その特殊な立場ゆえに常に安全に注意する必要のある身だ。

そのせいでボディガード達が踏み込みにくい校舎内にいる間は、常に複数の生徒の視線がある場所にいるか、あらかじめ安全だと確認されている場所にいるよう心がけている。

サボるときに好んで使っているここも、そのひとつ。

はっきり確認したことはないが、サボるのならここにと言われているから、たぶんどこかに隠しカメラでもつけられているんだろう。

教師や職員の中にも、小野瀬グループの息がかかっている人間がかなりいるらしい。

わざわざそこまでする必要はないと思うのだが、実際に誘拐されかかって迷惑をかけたこともあるから、さすがに強くは言えない。

（それで信矢《しんや》が安心するなら、別に良いか……）

明生専属のボディガード達の管理をしている高見《たかみ》信矢は、少し前まで明生と同じ高校に通いながら小野瀬グループに関わる仕事をしていた、二歳年上の明生の恋人だ。

はじめて会ったのは、明生がまだ小学校に上がる前。

当時の信矢は両親を事故で亡くしたばかりで、たったひとりの係累《けいるい》であった叔父が、明生の父親の専属のボディガードとして小野瀬家の屋敷に住み込んでいたために、明生と同じ屋敷で暮らすことになったのだ。

大人の使用人ばかりに囲まれて育ってきた明生は、年も近く遊び相手になってくれる信矢にすぐに懐いて夢中になった。

その後、明生の父親と信矢の叔父の死、そして明生の祖父、小野瀬翁《おう》の差し金で信矢と三年間も引き離されたりと、辛《つら》いことが色々あった。

それでも、今はふたり一緒にいる。

信矢の側《そば》にいられることが、明生にとってはなによりの幸せだ。

引き離されていた三年の間、信矢は、小野瀬翁の差し金で特殊な教育を受けた。

その間に小野瀬グループ中枢の一員として働くための知識をすべて身につけていたから、それ以上の教育など必要なかったのだが、昨年度までは、小野瀬翁の命令で明生のお守りをするためだけに高校に通わされていた。

それと同時に、小野瀬グループ内で特殊な仕事にも関わっていて、明生から見ると、そんな信矢の二重生活はかなりのハードスケジュールだと思われた。

さすがにこれ以上は身体《からだ》を壊すんじゃないかと心配した明生が口添えしたこともあって、新年度を境に信矢は高校通いを止め、小野瀬グループ内での仕事のみに専念するようになっている。

俺のことなら大丈夫、ひとりでも心配ないからと断言した手前、明生もボディガード達の目の届かない校舎内にいる間は、大人《おとな》しくするようにしているのだ。

(信矢がいないのにも、随分慣れたなぁ)

淡い雲を目で追いつつ、ぼんやり思う。

新学期がはじまってしばらくの間は、無意識のうちに廊下を行き交う生徒達の中に信矢の姿を捜してしまうこともあったが、最近ではそういうこともしなくなった。

元から、校内では信矢と行動を共にしないようにしていたから、信矢不在でも学校生活にはなんの不自由もない。

二重生活で忙しかった頃の信矢は、泊まり込みで小野瀬グループの仕事をすることもあったが、仕事だけに集中できるようになった今は、ほぼ毎日屋敷に帰ってきて、明生の恋人としての時間もちゃんと作ってくれる。

一緒にいられる時間は格段に増えたし、働きすぎて身体を壊すのではないかと心配することも少なくなったから、明生としては嬉《うれ》しい変化だ。

「明生、みっけ〜」

のんびりした声が聞こえて、視線を地上に戻すと、校舎のほうからピンクの風呂敷包みを持った木下保子《きのしたやすこ》が歩み寄ってくるところだった。

保子は明生の隣りに座ると、風呂敷を解《ほど》いて、中から三段重ねの重箱を取りだした。

「今日のは自信作なんだよ。食〜べて」

箸《はし》を無理矢理手渡し、蓋《ふた》を取った重箱をずいっと明生に突き付ける。

仕方なく明生が、重箱に詰められた色とりどりのおかずの中から無難そうな卵焼きを選んで取ろうとすると、すいっと重箱が横に動いて箸は自動的に煮物の上に。

「……これ食えって？　昨日みたく、また焦《こ》げ臭《くさ》いんじゃねぇの？」

「昨日ははじめて作ったから火加減を失敗したの。ヤコ、同じ失敗は絶対しないもん」

いいから食べてよ～、とまた言われて、明生は渋々箸をつけた。

「……ん、まあ、昨日よりはマシか……。食えなくはないな」

「でしょ～。頑張ったもん」

得意そうな顔でふふんと胸を張る。

（……ガキ）

保子の言動はいつも、とても同い年とは思えないほど、とろくて子供っぽい。

レベルが高いことで知られるこの高校に入学できたことが不思議なぐらいだ。

はじめて会ったのは高校に入学して半年がすぎた頃で、場所は明生のただひとりの友達である沢井猛《さわいたけし》が、かつてひとり暮らしをしていたマンション。

俺の彼女、と言葉少なく猛に紹介された保子の第一印象は、『いろんな意味で軽そうな女』だった。

口調はとろいし身形《みなり》は派手、きっと猛にとっては遊びの相手なんだろうとそのときは思ったのだが、今ではその認識が完全に間違いだったことを知っている。

遊び人風の派手な装いは、父親絡みのしがらみのせいで遊び人を気取らざるを得なくなっていた猛に合わせていただけで、実際の彼女は、むしろ可愛《かわい》いものを好む、やけに子供っぽい少女だった。舌っ足らずな子供っぽい口調も、可愛い女の子をわざと演出しているとかじゃなく、それが地だ。

彼氏である猛のほうは、見た目も言動も実年齢よりずっと大人びているから、ふたりでいると保子の子供っぽさが余計に目立つ。

明生は正直言って、どこか妙に冷めたところのある猛が、幼さの残る保子を彼女に選んだことが不思議なぐらいだ。

(自分が無駄に冷静だから、逆に馬鹿《ばか》っぽいののほうが飽きないとか……)

そんなことをふと思ったが、以前、明生自身も「馬鹿すぎて見捨てられない」と猛に言われたことを思い出し、微妙に不愉快な気分になる。

「猛はどうした？」

「先生に呼ばれて職員室。──ね、こっちのも食べて」

もうひとつの重箱の巻き寿司《ずし》を勧められ、明生はまた箸を伸ばした。

最近の保子は、料理がマイブームだ。

毎日、お弁当にと大量の料理を作っては持ってきて、猛とふたりでは食べきれないからと、明生にまで食べろと要求してくる。

そんなこんなで、最近の明生は、保子達と一緒に昼食を摂《と》るのが習慣になっている。

去年、明生の誘拐未遂事件に関与して以来、猛は小野瀬グループに頭が上がらなくなったようで、高校内での明生の行動を把握しておくようにと命令されているから、一石二鳥というところだ。

やたらと仲の良すぎるふたりと一緒にいると、なにかと当てられて、少々うんざりすることもあるのだが……。

「俺にも食わせろよ」

ベンチ越しの背後から、いきなりひょろ長い手が伸びてきて、重箱から巻き寿司を一個つまみ上げた。

驚いて見上げると、どこから現れたものか、一学年下の神田光毅《かんだこうき》がそこにいた。

「……お、美味《うま》いじゃん」

「でしょでしょ？　ね、こっちのだし巻き卵も食べてみて。自信作なの」

「うん、食う」

光毅は、猫のような目を細めて、やけに嬉しそうな顔をする。

（……こいつ、いつの間にか、ヤコにも懐いてたのか）

気の荒い猫のように、ちょっとしたことでもフーッと息を荒らげる光毅は、警戒心も強く、以前は明生がひとりでいるときにしか近寄って来なかったのだが……。

ひょろりと背が高く、収まりの悪い薄茶の癖毛で、吊り目がちな瞳以外は取り立てて特徴のない凡庸な顔立ちのこの少年は、明生の一歳年下の異父兄弟だ。

自分の母親が前夫に心を残し、前夫との子である明生を気にかけるあまりに自分を愛してはくれないのだと思い込み、明生に嫌がらせしてやろうとわざわざ同じ高校に編入してくるほどの短絡的思考の持ち主でもある。

だが最近では、どうやら初心を忘れてしまったようで、ちょくちょく明生の側に来ては、両親に対する愚痴やら不満やらを零《こぼ》すようになっていた。

わざわざ追い払うのも面倒だし、直情的な光毅をからかうとすぐに反応するのが面白くて、明生は適当に聞き流し相づちを打ってやっている。

ついでにもうひとつ、面倒で説明していないことがあった。

戸籍上では異父兄弟ということになっているが、実際のところ、ふたりは同じ両親から生まれているのだ。

（ま、どうでもいいけど……）

明生の戸籍上の父親である光樹《こうじゅ》と、光毅の父親である大樹《たいじゅ》は、一卵性の双子だった。

遺伝子上ではまったく同じ存在だから、どっちが父親であろうとかまわない。

明生にとっては、惜しみない愛情を注いで育ててくれた今は亡き戸籍上の父親、光樹だけが父親と呼べる存在だ。

それに、小野瀬翁がひた隠しにしたために表沙汰《おもてざた》にはなっていないが、その光樹の死を画策したのは、双子の片割れである大樹だった。

そんな男を自分の父親だと認識することはできないし、その必要も感じない。

光毅は、生まれてすぐに母方の祖父母に預けられて、両親と共に暮らしたことはないのだと聞いている。

母親は年に数回会いに来るが、父親とは一度も顔を合わせたことがないらしい。

そんな環境のせいで、自分は両親から愛されていないと思い込んでいるようなのだが、明生から見れば逆に思える。

その行動の危うさから小野瀬家から放逐されて、自らの半身を殺した男と、夫以外の男と通じたことでやはり小野瀬家から放逐された女。

そんな両親の過去に影響されることなく、健《すこ》やかに育つようにと、わざわざ祖父母の元へ預けられたのだろうと推測できるから……。

だが、そう思うだけで光毅にはなにも言っていない。

説明するのが面倒だし、おまえの父親は人殺しだなどと教えて、ショックを受けられるのもやっぱり面倒だからだ。

(こいつ、なんかまっとうなんだよな)

ちょっと短気で怒りっぽいが、それだけに単純で裏表がない。

きっと祖父母に大切にされて育ってきたんだろう。

他人が大切に守ってきたものに、わざわざ傷をつけて喜ぶ嫌な趣味は明生にはない。

「俺、料理上手な人ってすげー好き」

美味い美味いと料理をパクついていた光毅が、保子にちょっと意味深な視線を向けた。

「ありがと。ヤコね、良いお嫁さんになれるように勉強中なの」

保子は、にっこりと子供のように無邪気な顔で笑う。

（こいつ、全然わかってねぇ）

妙に舌っ足らずな口調でお礼を言う保子は、光毅の意味深な視線の意味にまったく気づいていないようだった。

「猛限定のな。――そういう気の早い話が両家の間で着々と進行中なんだとさ。妙な気起こすと、猛に締められるぞ」

鈍い保子に代わって、明生が仕方なく予防線を張ってやった。

その途端、短気な光毅は、瞬間湯沸かし器のようにボッと顔を赤くする。

「みょ、妙な気なんか起こしてねぇよ！」

「ならいいけど……。それにしても、猛のやつ遅いな。昼休み終わっちまうぞ」

放課後ならともかく昼休みにこんなに長く拘束されるなんて、気の毒な話だ。

「なんの用だったんだ？」

「進路のことみたい。ほら、明生のつき合いで、急に変えちゃったから」

「ああ、あれのせいか……」

小野瀬グループの跡継ぎとして恥ずかしくない大学ならどこでも良いと信矢から言われていた明生は、適当に無理せず入れそうなところを志望校にしていたのだが、つい最近、思うところあっていきなり志望校を変えた。

明生と同じ大学にいくようにと小野瀬家サイドから命令されていた猛もまた、同じように変更する羽目になったのだが……。

「どこを希望してんだ？」

「東大」

明生が答えると、光毅は一瞬絶句した。

「……しょっちゅう授業サボってるくせして、受かるのかよ？」

「たぶん」

少々面倒だが、今から詰め込めば辛《かろ》うじてなんとかなる……はずだった。

国内で一番レベルの高い大学に入学すれば、いま現在世間の皆さまに定着している、『甘やかされて育った我《わ》が儘《まま》でお馬鹿な小野瀬グループの御曹司』という自分のイメージが、少しは覆せるかもしれない。

そう期待しての突然の変更なのだ。

「あんた、むかつく」

「あー、そう」

なにやら悔しそうな光毅の言葉を、明生は適当に聞き流した。

「猛の奴、大丈夫だって言ってたけど、やばいのか？」

「心配ないよ。猛が大丈夫って言ったら、本当に大丈夫なんだもん」

「なら良いけど……。ヤコ、おまえどうすんだ？」

「あたしも同じトコいくよ」

「……マジで？」

「うん」

にっこりと保子が笑う。

大丈夫なのかと明生が聞きかけたとき、背後に立っていた光毅が、「ヤベッ」といきなりビクッとした。

なんだ？　と顔を見上げると、校舎のほうを見て気まずそうな顔をしている。

光毅の視線を辿《たど》ると、猛がこっちに向かって歩いてくるところだ。

どうやら、猛にはまだ懐いていなかったようだ。

「今度の土曜、ヒマ？」

光毅はいきなり屈《かが》み込むと、慌てたように明生の耳元で小さく囁《ささや》く。

「いや、まだわかんねぇけど。なんだよ？」

「こないだ話した件、わかるだろ？　もしヒマだったら、午後から家に来いよ」

保子に「ご馳走様《ちそうさま》」と礼を言った光毅は、そそくさと校舎とは反対側に逃げていった。

——母さんに会ってみねぇか?

少し前から、何度も光毅からそんな打診をされていた。

出会ったばかりの頃の光毅は、明生と母親が頻繁に会っていると思い込んでいた。

だが、実際は物心がついてから一度も会ったことがないのだと知って、今度は逆に会ってみろよと唆《そそのか》すようになった。

光毅の話だと、ふたりの母親である美貴《みき》という女性は、常に明生の子供時代の写真を持ち歩いているらしい。そのせいで光毅は、きっと母親は明生に会いたがっているのだと思い込んでいるのだ。

光毅はいつも、母親と会っても妙に余所余所《よそよそ》しい応対をされてばかりで笑顔すら見たことがないとぼやいていて、明生を母親に会わせてやれば、きっと喜んで笑ってくれるんじゃないかと短絡的に想像しているようだ。

年に数回しか会いに来ないから、次に来たときに声をかけると言われていたのだが、とうとうその機会が来てしまった。

(……面倒だな)

午後の授業中、ぼんやりと黒板を眺めながら、明生は軽く息を吐いた。

光毅は母親の気を引きたいのだろうが、明生は違う。

ずっと母親は産褥《さんじょく》で死んだと聞かされていて、実は生きているのだと知ったのはつい最近。

なんの不自由も不都合も感じずに育ってきたから、母親の不在を寂《さび》しいと思ったことなどなく、生きていると知ってからも特別会いたいとは思わなかった。

自分と瓜《うり》二つだという母親の顔に対する好奇心ならば少しあるが、どうしても見たいってほどじゃない。とはいえ、会いたくないと断言するような積極的な理由もない。

ぶっちゃけ、どうでも良いのだ。

最近は信矢も、明生に合わせて休日を取るようになっているから、信矢が休むのならば今回の話は無しだ。でも、もしも信矢が仕事なら出掛けてみても良い。

暇潰《ひまつぶ》し程度にはなるだろうから……。

(信矢に話したら、きっと、いい顔しないだろうな)

血縁上の父親である大樹に関しては、危険な人物だから二度と会うなと言われているが、母親に関しては特になにも言われていない。

それでも、信矢が嫌がることは容易に想像できる。

最近の信矢は、明生がひとりで出歩くことをあまり好まない。

明生に対する独占欲をあからさまにしてまったく隠さなくなっている。

――あなたは私のものだ。誰にも渡さない。

強く信矢に抱きしめられ、そんな風に何度も何度も耳元で囁かれる。

それは、明生にとってなによりも幸福な瞬間だ。

でも、ひとりになって冷静になると、そんな信矢の言動が少し不安になるのだ。

どうして、そんなに飢えているんだろうと……。

(俺は平気なのに……)

信矢が仕事先で誰と会おうと別にかまわない。

言葉の誓いを欲しいとも思わない。

ただ、あの腕で抱きしめてくれさえすれば、それで充分。

信矢が誰よりも愛しているのが自分だと知っているし信じているから、そういう意味での不安はまったくない。

でも、信矢はそうじゃないのだろうか？

あなたは私のものだと言われる度、その通りだと、明生の心も体も信矢だけのものだと何度も何度も答えているのに、まだ足りないのだろうか？

(猛は全然動じてなかったよな)

光毅が保子に興味を持ってるみたいだぞと忠告してやっても、「ヤコは可愛いからな」と猛はむしろ得意げで余裕の態度だ。

まだ高校生だというのに婚約の話をさっさと進めようとしている猛に、明生は、そんなに急がなくても良いんじゃねぇのと言ってみたことがある。

高校生で婚約なんて急ぎすぎ。ヤコが妊娠したわけでもなし、大学卒業後でも充分だろう、と……。

それに対して猛は、今でも先でも結果は同じだから、とあっさり。

保子も同じ気持ちのようで、迷いのない猛の言葉に、嬉しそうににっこりしていた。

互いの未来が共にあることを完全に信じていて、ふたりともまったく迷いがない。

鬱陶《うっとう》しいぐらいにラブラブなふたりを間近で見ている明生はと言うと、たまにだが、そんなふたりに苛々《いらいら》することがあった。

はっきり言って、羨《うらや》ましい。

もちろん明生だって、自分と信矢の未来を信じている。

でも、信矢はどうだろうと考えると、急に不安になる。

独占欲をあからさまにするときの信矢は、なんだか苦しそうに見えるから……。

光に赤く透ける信矢の紅茶色の瞳は、そんなときいつも暗く淀《よど》んでいて、それが明生の不安を呼ぶ。

(どうしたら、信矢は安心するんだろ)

明生にはそれがわからない。

黙認という形ではあるが、明生の保護者である祖父がふたりの関係を認めている以上、ふたりの関係を邪魔できる者などどこにもいない。

気がかりなことなど、なにひとつ無いように思えるのに……。

わかっているのは、今、こうしてふたりが一緒にいられるのは、影で信矢が大きな犠牲を払ってきたお陰だってことだけ。

だからせめてこれからは、いつまでも信矢に甘えてばかりいないで、自分でもふたりの未来のためになにかできることを捜していきたい。

志望校を変えたのも、そう思ったからだ。

レベルの高い海外の大学に留学したほうが箔《はく》がつくのはわかっているが、信矢の側を離れるつもりはないし、信矢からも国内にと言われていたから、国内トップの大学にしてみた。

今すぐは無理でも、いずれは小野瀬グループの後継者として誰からも認められるような存在になりたいのだ。

守られるばかりの存在でいたくない。

信矢にばかり負担をかけず、信矢に頼ってもらえるぐらいになりたい。

以前の明生には、きっと周囲の状況に流されるままに生きていくんだろうなと、自分の未来を他人事のように諦観《ていかん》しているようなところがあった。

でも最近、それが少し変わりつつあるのを自分でも感じている。

(ヤコの影響かね)

花嫁修業を兼ねた、料理のマイブーム。

気が早すぎるんじゃねぇのとからかったときも、保子は覚えておけば無駄にはならないもんと胸を張って威張っていた。

少々気恥ずかしいが、正直言ってその純粋な迷いの無さを眩《まぶ》しく感じる。

(今んとこ俺には、自慢できるものなんかねぇもんな)

でも、まだまだこれから、いくらでも変わっていけるはず。

明生は、自分の未来を、現実のものとして見据えはじめている。

☆

「ヤコは大丈夫だって言ってたけど、担任の話だとさ、猛の奴、実はけっこう大変みたいなんだよな。いいかっこしいだから、自分からは言わないけど」

爪《つめ》にやすりをかけ、オイルを塗り込んでのマッサージを信矢にしてもらいながら、明生は学校でのことを呑気《のんき》に話していた。

実は明生も、猛と入れ替わりに担任に呼ばれて、「君達、ふざけてるのか?」と頭を抱えられたのだが、まあそこは内緒だ。

真面目《まじめ》に勉強しはじめたばかりの今の成績だと合格圏内に入ってないのは事実で、担任が頭を抱える気持ちもわかるが、明生は進路を変更するつもりはまったくない。

今までだってたいして真面目に勉強してないのに、レベルの高い高校でそこそこの成績を収めていたのだ。ちょっと本気を出せばなんとかなるさと、楽天的な見解を持っている。

でも同じように楽天的な見解を押し通そうとしている猛を見ると、大丈夫なのかよと気になるのだから、勝手なものだ。

「本当に無理なようだったら小野瀬翁が手を打たれるでしょうから、心配はいりませんよ」

「試験問題を事前に手に入れるとか？」

それだったら自分も欲しい、とついうっかり口を滑らせると、信矢は違いますと苦笑する。

「専属の家庭教師を用意して合格用の教育カリキュラムを組むとか、そういう意味です」

「なんだ。じゃあ、いいや」

自分でやるのなら良いが、人からノルマを押しつけられるのは大っ嫌いだ。

「うわっ、ちょっと……」

やすりをかけ終わった指に、ふっと息を吹きかけられ、明生は思わずビクッと肩を竦《すく》める。

手を引っ込めようとしたが、信矢に手首をつかまれ止められた。

「すぐに終わりますよ。もう少しじっとしててください」

「ここまでで充分。続きは後で誰かにやってもらうから」

普段は雑誌やテレビなんかを見ながら、使用人の誰かに何気なくやってもらっていることなのだが、信矢相手だとそういうわけにいかない。

指先を丹念にマッサージする指や吹きかけられる息、それが恋人のものだと思うと、どうしたって意識せずにはいられないから……。

(どういうつもりなんだか)

夕食後、コーヒーカップを持つ明生の指先を見た信矢が、少し爪が伸びたんじゃないかと指摘してきて、手入れしましょうと自ら申し出たのだ。

明生はなんとな〜く嫌な感じがして断ったのだが、信矢は聞く耳を持たなかった。

「この手のことはやりつけてないので、少々不慣《ふな》れで……。不快でしたか?」

顔を覗き込みながら信矢に聞かれて、明生は軽く眉《まゆ》をひそめつつ首を横に振る。

不快どころか、むしろ逆。

うっかり、変な声が出てしまいそうだ。

(……絶対わざとだ)

つい反応したくなるような行動を取るのは……。

(意地悪っていうより、嫌がらせっぽいよな)

信矢は普段から、使用人達の目の届く場所では恋人らしい振る舞いを極力控えている。

だから明生も我慢してたのに、肝心の信矢がわざと誘惑してくるんだから酷《ひど》い。

誘惑された明生が困るのを見て、たぶん面白がっているのだろうが……。

「もう良い」

明生は信矢の手を振り払うと、立ち上がってリビングを出た。


（これからは、ぐずぐずとリビングに長居すんのやめよう）

自分の部屋に続く廊下を歩きながら、明生は軽く息を吐いた。

信矢が小野瀬グループの仕事だけに専念するようになってから増えた、ふたりの時間。

その日一日のたわいのない出来事を話しながら一緒にゆっくり夕食を摂って、そのままのんびりコーヒータイム。

そんな家族っぽい穏やかな時間が過ごせる余裕が嬉しかったのだが、今日みたいに露骨《ろこつ》な誘惑をされるんじゃ、もうお終《しま》いにしたほうが良さそうだ。

さっさと自分の部屋に戻って信矢とふたりきりになってしまえば、あんなわけのわからない意地悪を仕掛けられて困ることもないし……。

（あー、もう、いちいち面倒）

使用人達が何人側にいようと、ぶっちゃけ関係ない。

子供の頃から常に使用人達に囲まれて生活してきたから、彼らの視線は気にならないし、小野瀬家が雇っている使用人達は皆しっかり教育されていて、屋敷内での出来事を外で吹聴《ふいちょう》する心配もない。

だから屋敷内でさえあれば、恋人同士として振る舞ったところでなんの不都合もないと明生は思っている。

だが、信矢はそうは思ってくれない。

恋人関係になってからもう半年以上経《た》つのに、いまだにお互いの立場に気を使っていて、屋敷内でさえ人目のある場所では恋人らしい振る舞いを極力控えている。

信矢がそんな態度を取る以上、明生も我慢するしかない。

我ながら、実に健気だと思う。

「信矢にだけだけどさ」

自分の部屋に入り、ドアを閉めてから、ボソッと呟《つぶや》いてみた。

小野瀬グループの跡継ぎとして特別扱いされて育ってきたから、子供の頃から我慢しなきゃならないことなんて滅多《めった》になかった。

命じさえすれば大概の望みは叶《かな》う。

信矢だって、人前でもいいからと明生が強く命じれば、言うことを聞くかもしれない。

でも、それじゃあ意味がない。

恋人として振る舞えと命じて、無理矢理キスさせたって虚《むな》しい。

この唇に触れたいと、自分から触れてきて欲しいのだ。

困らせたくないし、嫌われたくもない。

そのためになら、慣れない我慢だってする。

もちろん、人前限定でだが……。

(シャワーでも浴びるか)

我慢する必要のない場所に戻った明生は、伸び伸びと服を脱ぎ散らかしながら部屋についているバスルームに向かった。

信矢からいつも身につけているようにと言われている、護身用の発信器等がついた腕時計だけは、放り投げずに洗面台の棚にそうっと置く。

黒の文字盤に黒革のベルト、ベゼルにブラックダイヤを取り巻いたボーイズサイズの腕時計は、信矢が明生のために選んでくれたもの。

明生の唯一の宝物だ。

「どーせすぐに追っかけて来る気なんかねぇんだろ?」

焦《じ》らす気だってのはわかってんだからな、と時計に向かって呟いてからバスルームに入り、シャワーを浴びる。

手を振り払って部屋から出てくる間際、そっと表情をうかがったら、信矢は微《かす》かに笑みを浮かべていた。

困った方だと言うときの苦笑とはちょっと違う、むしろ、してやったりと言わんばかりの、ちょっと嫌な感じの微笑《ほほえ》み。

(……なにが気に障ったんだろ)

以前信矢は、明生に対するちょっとした意地悪は自分の甘えの裏返しだと言った。

でも今日のは、それとはなにか違う。

自分を困らせるためだけに、わざと悪戯《いたずら》を仕掛けてきたように明生には感じられた。

(俺、信矢の気に障るようなことを言ったっけ？)

夕食時の会話を思い返してみたが、特になにも思い当たらない。

気にくわないことがあったのなら、遠回しなことをしてないで、はっきり言えば良いのだ。

信矢が嫌なことなら、なんだって改めるのに……。

(なんか、俺のほうが犬みたいだな)

猛がいつも、信矢のことを『明生の番犬』と呼んでいるのを思い出して、明生は苦笑した。

最近は逆かもしれないと言ったら、さていったいどういう顔をするだろうか？

(俺は、それでもいいけど……)

たまにお預けをしたり、意地悪だったりもするけど、それだって大切に思ってくれているからこそだと信じている。

抱きしめてくれる腕の強さと熱さに、信矢の愛情の深さをいつも実感している。

愛されているというその実感が、なによりのご褒美《ほうび》。

そう思えば、信矢は悪い飼い主じゃない。

そんなことを考えているうちに、不機嫌だった明生の唇には自然に笑みが浮かんでいた。


しばらくして、信矢があきれ顔でバスルームのドアを開けた。

「まったく……。服を脱ぎ散らかすなと何度言わせるおつもりですか？」

明生が脱ぎ散らかした服を拾いながら歩いてきたらしく、腕には服を掛けている。

「百万回。——なあ信矢、こっち来いよ」

バスタブに浸《つ》かっていた明生は、信矢に微笑みかけた。

待ちわびすぎて、また少々ご機嫌斜めになりかかっていたのだが、信矢の顔を見た途端、不機嫌さは綺麗《きれい》さっぱり吹っ飛んでしまった。

長くバスタブに浸かっていたせいか、普段は色みの少ない薄い明生の唇はすっかり赤みを増して、少しばかり艶《つや》めいている。

それを見て微かに唇の端を上げた信矢は、持っていた明生の服を脱衣所に置いて、バスルームに足を踏み入れた。

「背中でも流しますか？」

のぼせる前にバスタブから出てくださいと差し出された手を、明生はしっかりつかみ、「一緒に入ろう」と、そのまま力一杯引っ張った。

が、予測されていたようで、小憎らしいことにビクともしない。

「その手には乗りません。服を着たまま入浴する趣味はありませんからね」

「そう言うと思った」

信矢の手首をつかんだ手はそのままに、明生は空いている手を伸ばして、バスタブ脇《わき》のシャワーのコックを捻《ひね》った。

その途端、信矢めがけてシャワーが勢いよく降り注ぐ。

「……明生さま。わたしには、服を着たままシャワーを浴びる趣味もないんですが……」

降り注ぐシャワーの中、信矢が恨めしそうな声を出した。

「ははっ！　引っかかった」

力比べじゃ勝てないことは百も承知している。負けたときのために、シャワーヘッドの位置をちょうど良い角度になるように、わざわざセットしておいたのだ。

「濡《ぬ》れちまったんだし、諦《あきら》めて来いよ」

シャワーを止めてからもう一度誘うと、信矢は眼鏡《めがね》を外し、濡れた髪をかき上げながら苦笑した。

「もう少し色気のある誘い方をしていただけると嬉しいのですが……」

「また今度な」

期待していますと呟いて、信矢が服を脱ぎはじめる。

曾祖母《そうそぼ》の異国の血を引いた明るい色の髪と瞳が良く似合う、くっきりとした二重の彫りの深い顔立ち。

濡れて肌に貼《は》りついたシャツを脱ぎ捨てる、細身だがしなやかな筋肉に覆われた身体。

そして、その肌に残された複数の傷跡……。

明生は、信矢の裸身を黙って見つめた。

その肌に残る傷のほとんどは、かつて信矢が小野瀬翁の命令で特殊な訓練を受けた際に負ったもの。

明生を守るため、そして一刻も早く明生の側に戻るために、少々手荒い短期間の訓練を受けた結果だと聞いている。

(どれぐらい痛いもんなんだろ)

大切に育てられた明生は、記憶にある限り傷跡が残るような怪我《けが》をしたことがない。

打ち身や薄皮一枚傷つける程度の怪我をしたことならあるが、それでも数日間はシャワーが染みたり、傷に触れる度に微かな刺激を感じて不快に感じたりした。

皮膚《ひふ》を切り裂き、肉にまで食い込むほどの深い傷を受けた瞬間の痛みや、その後完全に治癒するまでの期間の苦痛や不快感はどれぐらいのものか……。

——痛かったか？

そう聞いたところで、きっと本当の答えは返ってこない。

たとえ説明してくれたとしても、信矢が感じた痛みを実際に感じることは不可能だ。

聞くだけ無駄だろう。

想像することしかできない痛みに、明生は微かに表情を曇《くも》らせた。

「どうかしましたか？」

目敏《めざと》く気づいた信矢になんでもないと首を振り、早くこっちに来いと急《せ》かす。

広いバスタブに足を踏み入れ、望み通り側に来てくれた信矢の首に、明生はするりと抱きついた。

「……待ちくたびれただけ」

信矢の膝《ひざ》の上に乗り、ちょうど肩のところにある傷跡に、すりっと頬《ほお》をつけてみる。

信矢の身体に消えない傷があることを知ったばかりの頃、明生は自分のせいで信矢が傷ついたのだと自分を責めたことがある。

そんな明生に、信矢は、これは明生と共に生きる人生を手に入れるために自ら望んで払った犠牲なのだと言ってくれた。

明生のせいではなく、自分自身のためだと……。

それでもやっぱり、消えない傷を見るのは辛い。

そんな感情を信矢に読まれてしまうのも嫌で、明生はずっと故意に信矢の傷跡に意識を向けないようにしていたのだが……。

(それじゃ駄目だ)

この傷は、ふたりが共に生きるために信矢が払ってきた犠牲のひとつ。

決して目をそらしちゃいけないもの。

最近、そんな風に思う。

「少し瞼《まぶた》が赤いようです。のぼせてませんか？」

信矢の濡れた手が額に触れた。

「平気。——なあ、さっきなに怒ってたんだよ」

「さっき？」

「惚《とぼ》けるな」

腕を突っ張って身体を離すと、ふたりの間でパシャンと水が揺らぐ。

ばれましたか、と信矢は苦笑した。

「顔色を読むのが上手になってきましたね。油断できないな」

「良いから、さっさと白状しろ」

「少々、嫉妬《しっと》しただけです」

シレッとした口調で言われて、明生は意味がわからず軽く首を傾《かし》げた。

「嫉妬って……。そんな相手、いたっけ？」

明生は心を許した相手以外には極端に排他的だから、校内で話す相手は限られている。

（猛とヤコと……光毅もか……）

どれをとっても、信矢が嫉妬するに足るような相手とは思えない。

明生が悩んでいると、「特定の誰かに嫉妬したわけじゃないですよ」と信矢が言う。

「ただ最近、学校生活が楽しくなって来たように見受けられるので……」

「そうか？」

以前は惰性で通っていたようなものだったから学校で過ごす時間は退屈なだけだったが、志望校のハードルを少し上げてからは、やることがそれなりに増えて、そこそこ有意義に過ごせているが……。

「楽しいってのとはちょっと違うような気がするけどな。まあ、前よりはマシか。――で、なんでそれが嫉妬の対象になるんだよ」

明生はさっぱりわからなくて、信矢の顔に顔を近づけてその目を覗き込んだ。

「俺が一番好きなのは、こうして信矢と一緒にいられる時間だ。それがわかんねぇの？」

「わかってます。そう睨《にら》まないでください」

「睨んでねぇよ」

「そうですか？」

軽くふてくされた明生の頬を、信矢の両手がそうっとつつんだ。

「少し我が儘がすぎたかな……。――私はただ、あなたの心が一時でもよそに向かうのが耐えられないだけなんです」

「よそになんて向いてねぇよ。俺はいつだって信矢のことしか考えてない。最近真面目にしてるのだって、信矢のためなんだからさ」

ふたりの未来のためにもう少し頑張ってみると、進路変更を打ち明けたときに、信矢にはちゃんと説明したつもりだった。

それが伝わっていないことが情けなくて、明生がさらにふてると、信矢が苦く笑った。

「あなたの気持ちはちゃんとわかっているつもりです。……それでも、あなたには、ここ以外に心を向けて欲しくない。このままこの部屋の中に閉じこめて、私だけのものにしてしまえたら、どんなに幸せか……」

「信矢……」

(全然、駄目じゃないか)

わかってるだなんて口先だけで、信矢は明生の気持ちを理解してくれてない。

本当にわかってくれたなら、信矢の不安だって無くなるはずなのに……。

でも明生は、気持ちがすれ違っていることより、信矢の自嘲《じちょう》気味な笑みのほうが胸に痛いと感じた。

「そんなに困った顔をしないでください」

苦笑を浮かべたままの唇がゆっくりと近づいてきて、優《やさ》しく唇に触れてくる。

「……ん」

明生は信矢の首に腕を絡めて、自ら舌を差し入れ深く口づける。

絡めた舌を引き入れられ、軽く甘《あま》噛《が》みされた。

「……っふ……」

噛まれたことで本能的に感じる微かな恐怖は、キスの甘さをより引き立てる。

甘やかな刺激にビクッと震える身体で、バスタブの湯が弾《はじ》けて揺れた。

(……閉じこめるだなんて)

わざわざ閉じこめておく必要がどこにある？

どこにいようと誰といようと、明生の心の中心にあるのはいつも信矢なのだと、何度も口に出して言ってきたし、態度でも示してきたつもりだった。

どうしてうまく伝わらないのか不思議だし、それと同時に、すんなり信じてくれない信矢の頑固さが少し腹立たしい。

それなのに……。

「――あお」

それは、恋人同士の甘い時間にだけ囁かれる、信矢だけが使う明生の愛称。

合わさった唇越しに信矢の囁きを聞いた途端、腹立たしさはすうっと薄れていく。

（俺、ホントに犬みたい）

その名で甘く呼ばれると、条件反射のように怒る気力が失《う》せてしまう。

煩《わずら》わしいことすべて忘れて、甘いだけの時間を貪《むさぼ》りたくなってしまう。

（……信矢は、それで安心するのかな）

この部屋に閉じこもって、信矢だけを見て過ごせば、以前のように曇りのない明るい表情を浮かべてくれるようになるんだろうか？

（それなら、いいや）

それで信矢が安心するなら、なにもかも、もうどうでもいい。

「……信矢がそうしたいんなら、それでもいいよ。閉じこめられてあげる」

長いキスの後、明生は信矢の額に額を押し当てて微笑んだ。

「嬉しいことを……」

信矢は、明生の言葉に微笑む。

だが、その微笑みは、明生が望むものとは微妙に違って見えた。

（……なんで？）

苦さを含んだ微笑みを不思議に思った明生は、また軽く首を傾げる。

信矢は、その首筋に唇を押し当ててきた。

「……んっ」

痛いぐらいにきつく吸われて、喉《のど》の奥で小さく息を飲む。

「跡、つけた？」

「はい。さすがに閉じこめるわけにはいきませんから、これで我慢しますよ」

今日のところは……と信矢は囁いたが、その言葉は明生の耳には届かない。

濡れた明生の髪を梳《す》いていた信矢の指が、明生の髪から首筋、背中へと移動していく。

その羽が触れるような微かなタッチに、すっかり気を取られていたからだ。

「……あ……んっ……」

信矢の指の動きが、くすぐったさと同時に、淡い疼《うず》きを呼び起こす。

明生は焦れったさに震えた。

「……もっと」

信矢にしがみつき、その首筋に唇を押しつける。

「もっと……、なんです？」

「もっと、可愛がって……」

信矢にすり寄って、反応しはじめている自分の身体をアピールする。

「こんな場所で？」

「場所なんて、どうでもいいから……」

「あおは、いやらしいな」

「いやらしいこと教えたのは、信矢だよ。——ねえ？」

薄く笑う信矢の唇を、明生はその舌でなぞる。

早く触れてと信矢の手を取ろうとしたが、その前に抱き上げられてバスタブから出された。

「信矢？」

「ここでは駄目です。のぼせてしまいますよ」

「ん」

すっぽりとその腕の中に抱かれていることが嬉しくて、明生は淡く微笑む。

そのままバスルームから脱衣所に移動した。

信矢はそこで明生を床に降ろして立たせると、濡れた身体を拭《ふ》いてくれる。

「くすぐったいよ」

肌触りの良いバスタオル越しの手が、壊れ物を扱うように優しく触れる。

その感触がやっぱり嬉しくて、明生はクスクス笑った。

「これを忘れるところだった」

信矢が、洗面台から黒革の腕時計を手に取る。

バスタオルでくるんだ明生の手を取り、その左手首に時計を巻き付けた。

「あお、この時計は、この部屋以外では絶対に外さないように」

キュッと手首を締めつけるのを確認してから、明生は信矢の顔を見上げた。

「うん、わかってる。絶対に外さない」

こくっと頷《うなず》くと、信矢は満足げに微笑む。

その紅茶色の眼の中に、確かな欲望の色が見えた。

（……我慢……できない）

信矢の欲望を悟って、明生はぶるっと身を震わせた。

「しんや、ね？　今すぐ…して」

急に襲ってきた衝動に、信矢の胸に両手をつけて懇願する。

「駄目です。まだ髪が濡れている。ちゃんと拭かないと……」

口では駄目だと言う信矢の身体もまた、はっきりとした欲望の形をとりつつあった。

「そんなのもう良いよ」

堪《こら》えきれなくなった明生は、信矢の身体に触れた手をその肌の上で滑らせながら、その場に膝をついた。

「……ふっ……」

衝動に背中を押されるまま、信矢の欲望をためらいもなく口に含む。

手で擦《こす》り上げながら、咥《くわ》えたそれの先端を舌先でくすぐる。

やがてそれが、徐々にたくましさを増していくのを唇でリアルに感じて、明生は無性に興奮した。

「……ん……。あお、上手ですよ」

（……信矢、たのしんでる）

欲望に濡れた信矢の声が、嬉しくてたまらない。

体積を増したそれのために限界まで唇を開き、夢中で受け入れて、唇で擦り上げる。

くちゅくちゅと、自分の立てるいやらしい音にいっそう興奮した。

頑張ったぶんだけ反応して、それがビクッと震えるのが愛《いと》しい。

滲《にじ》み出てくる透明なしたたりを舌先で舐《な》め取ると、明生はそれに頬を擦りつけた。

「あおは、ほんとうに可愛いな」

欲望に滲んだ声が頭上から聞こえて、その力強い腕に腕を引かれ、立ち上がる。

「……信矢」

「あお、その壁に手をついて、お尻をこっちに向けて……」

言われるままにすると、不意になにか冷たいものを後ろに塗られた。

「やっ」

「大丈夫、怖くない」

身を竦《すく》めた明生に、信矢が囁く。

後ろに触れていた指が、ぬるっと明生の中に侵入してくる。

「……あ……っ……」

乱暴にかき回されて、明生はまた身を竦めた。

「あお、力を抜いて……。ここ、お好きでしょう？」

「っ……あぁっ」

くっと指の腹で擦り上げられ、ビリッと身体に電流が走る。

やがて馴染《なじ》んだ感覚が甘やかに背筋を這《は》い上がってきて、明生はぶるっと甘く震えた。

「……ふ……あ……、しんやぁ……」

堪え性のない明生が、早く挿《い》れてと請うより先に、熱いモノが押し当てられた。

「んっ——」

一気に押し上げられ、強引に奥深くまで身体を開かされる。

そのまま強く腰をつかまれ、激しく打ち付けられた。

「あっ……んあ……っ……。ひっ……」

馴染む間もない、いつもより性急な動きは、明生の身体に負担をかけた。

微かな痛みに、明生は眉根を寄せる。

それでも、その性急さが信矢の欲望の強さを表しているようでやっぱり嬉しい。

信矢に夢中で求められているのだと思うと、身体への負担なんかどうでも良くなってくる。

「あ、あ……しんや、……いいっ……あ……」

何度も何度も突き上げられ、強引に快感を引きずり出される。

身体の芯《しん》を熱く蕩《とろ》かせる快感に、明生は喜びの声を上げる。

「……や……ああ……」

絶え間なく湧き上がってくる快感の波に力の抜けた手が、やがて身体を支えきれなくなって、そのままずるずると壁を滑り落ちていく。

そのまま床に崩《くず》れ落ちそうになったが、腰をつかむ信矢の手がそれを許さない。

腰だけを高く上げさせられて、後ろからまた突き入れられる。

「……んっ……あっ……ああ……」

その甘い衝撃がもたらす、蕩けるような快感に、明生は甘く鳴き続ける。

同時に、胸の奥がほんの少しだけチリッとした。

（……これ……いや……）

蕩けそうに気持ちいいのは確かだけど、肌の温《ぬく》もりを感じられないまま、こんな風にただ後ろから突き入れられるばかりなのは少し寂しい。

あの腕で、ぎゅうっと抱きしめて欲しい。

頭を撫《な》でて、可愛いと言って欲しい。

そんな甘えたい欲求が、不意に迫《せ》り上がってくる。

「あっ……。しんや……おねが……──」

明生は朦朧《もうろう》とする意識の中、その願いを口にしようとした。

だがその前に、信矢の熱が深いところまで強引に埋《う》め込まれた。

「ん……あっ──。しんやぁ」

信矢の胸が背中に押し当てられ、同時にその腕で折れそうなほどに強く抱きしめられる。

望み通りに抱きしめられ、その肌の熱さを感じる。

明生は、目が眩《くら》むほどの喜びを感じた。

「……あおっ」

奥深くまで突き入れられた信矢の熱が、身体の奥で弾けた。

「あっ……ああっ────！」

その熱に誘発され、明生も弾ける。

痺《しび》れるような甘い喜びに身体を支配されて、もうなにも考えられなくなっていく。

──あお、あなたは私のものだ。

荒い息の下、信矢が耳元で囁く。

(うん。あおは……しんやのもの……)

その声と、抱きしめてくれる腕の強さに、とろんと心が蕩ける。

甘い陶酔《とうすい》の中、明生はその心を完全に手放した。

2

小学校からの帰り道、送迎用の車の窓から、同じくらいの歳《とし》の子供が自転車に乗って走っている姿が見えた。

風を受けながら一心不乱に走るその姿が、なんだかとても気持ちよさそうに思えた明生は、自分も自転車に乗ってみたいと父親にねだった。

屋敷の敷地内でしか乗らないと約束できるならと言われて、できると頷く。

その週末には屋敷の庭に明生用の自転車が届けられていた。

屋敷の正門から玄関まで続く舗装された私道で、明生は嬉々《きき》として自転車のペダルを漕《こ》ぐ。

グンと強くペダルを漕ぐ度スピードが上がり、受ける風も強くなって、少し汗ばんだ身体に心地良かった。

（楽しいっ）

車じゃこんな風は感じられない。

もっと早くに自転車をねだれば良かったと思いながら、また強くペダルを踏み込む。

「あお！　危ないよ。もう少しスピード落として！」

背後から聞こえる信矢の声に、明生は渋々減速した。

ゆっくり減速しながらくるっと回って、信矢の側まで行って完全に自転車を停める。

「はじめて自転車に乗るんだから、あんまり調子に乗っちゃ駄目だよ。自転車で転ぶと、もの凄《すご》く痛いからね」

この屋敷に来る以前から自転車に乗れていたという信矢が、先生気取りで注意する。

明生は、自分の身体を見下ろした。

長袖に長ズボン、肘《ひじ》と膝を保護するプロテクターに手袋、ヘルメットまで装着済み。

自転車に乗ると言ったら、使用人達に寄ってたかって身につけさせられたのだ。

「転んだって平気」

「駄目だよ。補助輪がついていても、万が一ってことがあるし」

「補助輪って、これ？」

自転車から降りて、後輪の両脇につけられている小さな車輪を指さすと、信矢はそうだよと頷いた。不慣れな明生でもすぐ自転車に乗れるように、この小さな車輪が車体を支えているのだと教えてくれる。

（あの子の自転車には、こんなのついてなかった）

いま乗っている自転車が、最初に自分が望んだ自転車とは違うものだと気づいた明生は、軽くご機嫌斜めになって、補助輪を取ってと信矢に頼んだ。

もう少し慣れるまでは我慢しようよと言われたが、どうしても取って欲しくてなおもしつこく頼み、それでも信矢に頷いてもらえなくてベソをかく。

明生の泣き顔を見て、信矢は折れた。

望み通り補助輪を取ってもらった自転車に、明生はもう一度乗ってみる。

「あお、ゆっくりね。気をつけて」

後ろで支えてくれている信矢の声を聞きながら、おそるおそるペダルを踏んだ。

（……大丈夫……かも……）

よろよろとふらついているが、とりあえず前には進んでいる。

調子にのった明生は、さっきと同じ勢いでグンとペダルを踏んだ。

不意にスピードを上げたせいで、支えてくれていた信矢の手が自転車から離れ、ぐらっと自転車のバランスが崩れる。

「あ！　うわぁ――」

「あおっ！」

信矢が慌てて支えようとしてくれたが、完全にバランスを崩した自転車は子供の力では支えきれず、一緒にひっくりかえってしまう。

「あお、大丈夫？」

立ち上がって自分の身体を見下ろしたが、重装備のお陰で怪我はない。

りした。

「うん、平気」

明生は顔を上げて頷いたが、その拍子に信矢の手の甲に赤いものを見つけて、心底びっくりした。

「信矢お兄ちゃん、血が出てるよ！」

すぐ手当てしなきゃと慌てたが、信矢は平気だと笑って、ペロッと傷を舐めた。

「これぐらい、慣れっこだから……。——あお、次は急にスピードを上げちゃ駄目だよ」

自転車を起こした信矢に、もう一度乗ってと促されたが、明生は嫌だとかぶりを振った。

「もう乗らない」

「……どうして？　怖くなっちゃった？」

明生は、こくっと頷く。

でも転んだからじゃない。

信矢の血を見て、怖くなったのだ。

自分の我が儘のせいで怪我をさせて、嫌われたらどうしようかと……。

「う〜ん、困ったな」

信矢は大人びた仕草で腕組みをした。

「あおは特別だから、自転車に乗る必要なんか、この先もないんだろうけど……。でも、すぐに諦めちゃうのは良くない癖だと思うよ。努力することも、少しは覚えないとね」

――諦めないで、もう少しだけ頑張ってみよう？

信矢が明生の顔を覗き込むようにして、優しく微笑みながら言う。

（……信矢お兄ちゃん、怒ってない）

むしろ、いま練習を止めると、逆に怒られそうだ。

明生は、またこくっと頷いた。


夕焼け色に周囲が染まる頃には、危なっかしくはあっても、支えのない状態でなんとか乗れるようになっていた。

一日で乗れるようになるなんて凄いよ。良く頑張ったね、と、信矢が誉《ほ》めてくれる。

自転車に乗れたことより、信矢が嬉しそうな顔をしてくれるのが明生は嬉しかった。

☆

「……あー、なんか、久しぶりにいい夢みた」

土曜日の朝、ひとりのベッドで目覚めた明生は、幸福な気分で伸びをする。

たまに見る、子供の頃の夢。

あの後、明生は、父親にも乗れるようになったことを報告した。

偉いと誉めてもらったのだが、自転車の練習の際、服の下に小さな痣ができたことを使用人に報告されて、すぐに自転車を取り上げられてしまった。

あおには専用の車があるんだから、自転車に乗る必要はないだろうと……。

そんな父親の言葉に、明生は素直に頷いた。

（なんで俺、あんとき大人しく言うこと聞いたんだろ）

嫌だと言って、もっとごねれば良かった。

信矢が怪我をしてまで練習につき合ってくれたお陰で乗れるようになったんだから……。

「信矢、まだ居るよな」

今日も仕事だと言っていたから、隣りで眠る明生を起こさないよう、そうっとベッドから抜け出していったんだろう。たぶん今ごろは朝食を摂っている時間帯だ。

そう当たりをつけた明生は、パジャマのままで寝室を出て、急いでダイニングへ向かった。

「――パジャマ姿のままですか」

明生を見て、ちょうど朝食のテーブルについたばかりらしい信矢が苦笑する。

朝食をサーブしていた使用人に、信矢と同じのをと注文して、明生は信矢の前に座った。

「休日なんだ。良いだろ」

のんびり着替えていたら、信矢とすれ違っていたかもしれないし……。

いつもは、信矢が明生の時間帯に合わせて早めに朝食を摂ってくれているのだから、たまにはこっちが合わせてやりたい。

(こんなことぐらいしか、今はできることないしな)

自らの言動を見直している最中なので、最近の明生は以前に比べるとちょっと殊勝だ。

「今日は何時ぐらいに帰ってこられるんだ?」

食後のコーヒーを飲み終え、スーツの上着を羽織る信矢を眺めながら、明生が聞く。

「たぶん、いつもより少し早く帰れますよ」

微笑む信矢の首には、ネクタイはない。

どうやらネクタイは苦手のようで、余程のことがない限り、いつも首の詰まった黒のインナーに暗い色合いのスーツという地味な出《い》で立ちだ。

明生は、信矢のこのシンプルで地味な装いはけっこう好きだ。

服装が地味なぶん、信矢の端整な顔立ちや均整の取れたしなやかな身体つきなどの素材の良さが、より映えるような気がする。

「明日の予定は?」

「休みです。一日側にいられますよ」

「そっか」

嬉しくて、自然に口元がゆるむ。

それでは行ってきます、と軽く頭を下げ、信矢がダイニングから出て行く。

もう少し信矢の姿を見ていたかった明生は、その後を追った。

「見送ってくださるのですか？」

「車までな。たまにはいいだろ？」

「ありがとうございます」

玄関から出ると、外は素晴らしい上天気だった。

眩しげに目を細める信矢の明るい髪が、朝の光を受けて淡く光る。

「そうだ。今日の夜、久しぶりに外に遊びにでも出ますか？　最近、どこにも出掛けてないでしょう？」

おつき合いしますよと信矢が微笑む。

「遊びに？」

ん～っと、明生は悩んだ。

クラブなんかに遊びに行っていた時期もあるが、最近はとんとご無沙汰だ。

元々、遊ぶのが楽しかったわけじゃなく、単なる暇潰し程度の感覚だったから、信矢が側にいてくれる今、その手の遊びで時間を潰す必要が無くなったのだ。

「……今日じゃなく、明日がいいな」

明生は、ふと思いついて言ってみた。

「明日……ですか？」

「ふたりで、どっか遊びに行こう。人混みは色々面倒だし、ドライブとか、どう？」

ボディガードの乗った車が何台かお供についてくるかもしれないが、車の中ではふたりきりでいられるんじゃないかと期待して、「信矢の運転で」とつけ加えてみる。

「ああ、それは悪くない」

車の前まできて立ち止まった信矢が、明生を見つめて微笑んだ。

「明生さま、行き先を考えておいてください」

「わかった」

嬉しそうに細められた信矢の瞳が、明るい日差しに透けて紅茶色に揺らめいて見える。

（綺麗な色）

珍しく曇りのないその輝きが嬉しくて、明生も目を細めて微笑む。

「行ってらっしゃい」

信矢を乗せて走り去る車を、明生は子供のように手を振って見送った。


（う〜ん、考えておけって言われてもな）

いざ、どこに行こうかと考えてみても、良い案がさっぱり浮かばず、明生は悩む。

高校生になってからは近場の繁華街で遊ぶばかりで、遠出することはまったく無かった。

それより以前、祖父絡みでうんざりするほど豪華な長期旅行にならら行ったことがあるが、日帰りでは遊びに出掛けたことはない。

(日帰りで出掛けたことがあるのは、爺さんの別邸ぐらいか……)

まだ明生の父親が生きていた時代、息子にすべてを譲り渡して隠居していた祖父は、静かな土地に建てた隠居用の別邸で暮らしていて、そこにならら日帰りで遊びに行ったことがある。

でも、そんなのドライブの目的地にはふさわしくない。

悩んだ明生は、ダメ元で猛に聞いてみることにした。

電話だと、つき合ってられないと話の途中でぶっちり切られそうだから、どこか穴場はないかと携帯メールを送ってみる。

(ま、目的地なんかどこでもいいんだけどさ。信矢さえ外に連れ出せれば)

——最近の信矢の変化は、少し疲れているせいなのかも……。

さっき明生は、ふと、そんな風に思ったのだ。

以前に比べれば格段に休む時間は増えたから、肉体面での疲労は心配ないはず。

問題なのは、心の疲労。

(信矢がやってんのって、まともな仕事じゃないんだもんな)

小野瀬グループ内の重要な仕事に関わっている信矢だが、その名前が表に出ることは決してない。その仕事自体、グループ内でも極秘扱いされているぐらいだ。

小野瀬グループが長年にわたって非合法に行っていた、膨大な利益を生む軍需絡みの仕事。明生の祖父である小野瀬翁は、自らが作り出したその後ろ暗い負の財産を孫の明生にまで引き継がせたくはないと考え、密かに組織の解体を進めていた。

いま現在、信矢はその仕事の中心になっている。

世界の軍需産業のバランスを崩さぬよう、その作業は慎重に行われていると聞いている。一足飛びには進められず遅々として進まない組織の解体作業、さらには軍需絡みの非合法な組織に好んで携わっている特殊な人間達と関わらねばならない日々。

そんな日々が、信矢の心を少しずつ蝕《むしば》みはじめているんじゃないだろうか？

（……父さんだって疲れてたって話だし）

明生が、小野瀬グループの闇《やみ》の部分の存在を知らされたのはつい最近のことだ。生前の父親も、小野瀬の負の財産を引き継いでしまったことで、その心を日々摩耗《まもう》していたらしいと聞いている。

同じことが信矢にも起こりうるんじゃないか？

そう思うと、なんだかたまらなくなった。

それで、せめて少しでも気晴らしができればと、外に連れ出すことを思いついたのだ。

屋敷の中、誰の目も気にせず、ふたりきりで過ごす時間も悪くないけど、それでは信矢の心はきっと晴れない。満たされることのない無意味な執着心を垣間見せるようになったのが、その証拠のように思える。

だから、あえて外に引っ張り出してみようと思った。

カーテン越しの淡い光しか届かない甘く凝った寝室から出て、眩しいぐらいの日差しを浴びて涼しい風を感じることができたら、少しは気が晴れるんじゃないか。

子供の頃、ふたりで屋敷の庭でころころと遊んでいたときのように、明るく曇りのない笑顔を見せてくれるんじゃないかと……。

（そっか。いいトコがなかったら、ここでもいいのか）

あれ以来、一度も乗っていない自転車の練習をもう一度するのも悪くない。

高校生にもなってするようなことじゃないかもしれないけど、でも、子供の頃のように過ごせたら、きっと楽しい気がする。

たいして意味のない楽しいだけの余暇は、信矢の良い気晴らしになるんじゃないか？

明生は、自分のそんな思いつきに、すっかり夢中になった。


その日の午後、自転車の手配を終え、やることが無くなって退屈になった明生は、光毅の家に行くことにした。

車に乗り込むと、反対される覚悟でボディガード達に行き先の住所を告げたのだが、拍子抜けするほどすんなり了承されて、特別な反応は返ってこなかった。

どうやら、明生が物心つく前に家同士の縁が切れたせいか、母親の生家である神田家は危険リストに載っていないようだ。

信矢が神田家を警戒していない証拠のようにも思えて、明生はなんだかホッとした。

屋敷から光毅の家までは車で一時間もかからない。

向こうで長居せず、顔だけ見て帰れば、信矢の帰宅にも余裕で間に合う計算だ。

(光毅のときは面白かったな)

——俺はあんたの異父兄弟だ！

はじめてちゃんと言葉を交わしたとき、顔を真っ赤にした光毅はカリカリ怒っていた。

吊り目がちな瞳を尖《とが》らせて睨みつけてくる、敵意をむき出しにしたその顔。

自分にどこか似たところのある顔が、強い感情をむき出しにしているのを見るのは、ちょっと新鮮な感じだった。その後も光毅は、拗《す》ねたり戸惑ったり呆《あき》れたりと、豊かな表情を明生の前で晒《さら》してくれて、明生を退屈させない。

(母親って、どんな感じだろう)

会ったことのない母親、美貴の顔は、人づてで聞く限りかなり明生と似ているらしい。

この顔が女になると、さて、どんな風に見えるのか？

そして、その自分そっくりな女の顔は、自分を見てどんな表情を浮かべるのか？

明生の興味は、そこに集中していた。

美貴が、自分に対してどんな感情を抱《いだ》いているのかには興味はない。

以前会ったことある血縁上の父親である大樹は、美貴は息子に会いたがっていると言っていたから、会いに行けば喜んでくれるのかもしれないが……。

（……もしかして、感動の対面ってことになるのか？）

それは、ちょっと気持ち悪い。

明生は思わず身震いしていた。


はじめて訪れた光毅の家は、純和風の落ち着いた佇《たたず》まいの屋敷だった。

すぐに戻るからと車を門の前で待たせ、呼び鈴を押すと、待ちかねていたのか、嬉しそうな顔をした光毅が自ら門を開けて顔を出した。

「やっぱり来たな」

はじめて見る満面の笑みにびっくりした明生は、「よう」と少し引き気味に挨拶《あいさつ》する。

その態度で、光毅も不自然なぐらいに嬉しそうにしている自分に気づいたらしく、ぽっと一気に真っ赤になった。

「く、来る前にケータイ入れろよな。あんた、ちょっと失礼だぞ」

いきなりプリプリ怒り出し、ふてくされた顔で明生を門の中へと招き入れる。

「あー、そりゃ失礼。——で、来た早々なんだけど、俺、ちょっとこの後用があるんだ。顔だけ見たら、とっとと帰るから」

玄関に向かって並んで歩きながら明生が言うと、「うっそ、マジで？」と光毅は不満そうな顔をした。

「ばあちゃん、いま夕飯作ってんだ。もしかしたらあんたが来るかもしれないってこっそり教えたら、喜んで張り切っちゃってさ」

少しつき合えよと誘われたが、明生は「無理」と首を横に振った。

「年寄りを喜ばせようって気持ちないわけ？」

「無い」

「つめてーの。はじめて孫に会えるかもしれないって、すっげー喜んでんのに」

「孫？　俺のことか？」

「そうだよ。なにいま気づいたみたいな顔してんだよ」

「いや、いま気づいた。そっか、そうなるか」

「……変な奴」

光毅は玄関の前で、怪訝《けげん》そうな顔で立ち止まった。

「とにかく、少しでいいからさ、顔見せてやれよ」

「だから、無理だって」

年寄りは話が長そうだし、特に興味もないから会いたいとは思わない。

そんな明生の答えに、光毅はさらに顔を歪《ゆが》めた。

「……あんたってさ、ちょっと変だよな」

「なにが？」

「情が薄いっての？　母さんにだって、あんま会いたがってないみたいだし」

「仕方ないだろ。興味ないんだから」

「だから、それが変なんだって。なんで自分を産んだ母親に全然興味を持たないんだ？」

「なんでって……。いなくても別に不都合なこともなかったからかな」

「俺だってそうだ。じいちゃんとばあちゃんがいたからさ。そんでもやっぱり、子供の頃は両親に会いたいと思ってたぜ。恨み言のひとつも言いたかったし……。その……、両親が揃《そろ》っている友達を羨ましいと思ったこともあるしさ」

「へえ。そういうもんか？　俺は全然そんなのなかったけど」

自分とはまったく違う感覚を持つ弟を、明生は不思議そうに眺めた。

「……やっぱり、あんた変」

そんな明生を、光毅はまたも怪訝そうに見つめ返す。

「ま、いいや。——とにかく、母さんに会ってくれよ」

こっちと促され、明生は屋敷内に足を踏み入れた。

見事に磨かれた長い廊下を歩いていると、「あの部屋にいるんだ」と光毅が呟き、母屋とは渡り廊下で繋《つな》がっている洋風の小さな離れを指さした。

来客用の部屋なのだが、母親はいつもあそこを使っているのだと、光毅が説明する。

「母さんが独身時代に使ってた部屋だって、母屋にあるのにさ」

不満そうな声が、家族ではなく来客としての立ち位置を崩さない母親への不満を雄弁に物語っているようだ。

「——母さん、ちょっといい？」

無造作にドアを開け、光毅が室内に入っていく。

明生もその後に続いた。

「光毅、ノックぐらいしなさい」

洋風に統一された室内で、ソファに座ってなにかのファイルを眺めていた女性が顔も上げずに言った。彼女は、ため息をつきながらファイルを閉じると、やっと顔を上げる。

そして光毅の後ろに立つ明生を認めると、無言のまま、弾かれるように立ち上がった。

（……ホントだ。似てる）

自分を産んだ女性、美貴。

明生は、彼女をじっくり観察した。

腰まであるストレートの黒髪、バッサリ切られた前髪の下の、猫のように大きな瞳が印象的なその顔。全体的に線が細く、女性だけに顔のラインも明生よりはずっとまろやかで、硬質な雰囲気も薄いが、それでも整いすぎた顔はまるで人形のようで年齢不詳に見える。

美貴は、大きく目を見開いたまま、明生だけを見ていた。

その顔は蒼白《そうはく》。

感動の対面は勘弁して欲しかったが、まさか凍《こお》りつかれるとは予想外だ。

「……歓迎するって雰囲気じゃなさそうだな」

戸惑った明生が軽く肩を竦めると、美貴もそれで我に返ったらしい。

「失礼。いきなりで驚いてしまったわ」

美貴は、気を取り直すように大きく息を吐く。

「一目でわかる。あなた、明生よね？　――私に、なにか用かしら？」

「用って、別に……」

（なんなんだ）

声も表情も冷ややかなまま。

それどころか、美貴から敵意のようなものさえ感じて、明生は眉をひそめた。

「そこにいるあんたの息子に唆されて、その顔を見に来ただけだ。あんたの旦那の大樹には何度か会ったけど、あんたには会ったことなかったからさ。……大樹の言い分じゃ、あんたは俺に会いたがってるって話だったけど、その様子じゃ嘘《うそ》だったみたいだな」

「そのようね」

困った人……と、美貴は目を伏せ、微かにため息をつく。

「わたしの顔はもう見たわよね？　それ以外に用がないのなら、早く帰って」

美貴は、改めて明生に冷ややかな視線を向ける。

「了解」

最初から、彼女の顔だけ見て帰るつもりだった明生は、即座に頷いた。

歓迎するどころか、あからさまな敵意を向ける相手と同じ場所にいても、不愉快なだけだ。

「ちょ、ちょっと母さん！」

冷ややかな美貴の言葉に、明生本人より光毅のほうがショックを受けたようだった。

「なに言ってんだよ。ちょっと酷くね？　こいつに会いたかったんじゃねぇの？」

「光毅、あなたには関係のないことよ。黙ってなさい」

美貴は、取りなそうとする光毅を一喝する。

（……嫌な女）

興味のない相手に好かれようと嫌われようと、明生はどうでも良い。

だが、裏目に出てしまったとはいえ、母親を喜ばせたいと心から願っていた光毅が、目の前で露骨に邪険にされているのは少々気に障る。

そもそも彼女が最初から光毅に優しくしてやっていたら、光毅だって母親の気を引きたいと考えたりしなかったのだ。一言嫌味でも言ってやろうとして美貴を見た明生は、腹のあたりで組まれている彼女の両手の、不自然な白さに気づいた。

指先が白くなるほどにきつく組まれた手は、微かに震えている。

(怒ってる？　それとも緊張してるのか？)

軽く首を傾げた明生に、美貴が「明生」と声をかけてきた。

「なに？」

「光毅に近寄らないで……。これ以上、この子に関わらないでちょうだい」

「なんだよ、それ……」

この言い方には、さすがにムッとくる。

「俺から近づいたんじゃないぞ。そいつが勝手に近寄ってきたんだ。文句があるなら、そっちに言えよ」

「光毅、本当なの？」

キツイ調子で聞かれた光毅が、戸惑った様子で頷く。

それを見た美貴は、「馬鹿なことを」と呟いた。

「なんでだよ。兄弟に会ってみたいって思ったのが悪いってのっ？」

「もちろん、最悪だわ。二度と勝手な真似はしないで」

「なんで、そんな……」

母親の冷ややかさに、光毅は戸惑い、絶句する。

「どうやらこちらの都合に巻き込んだようね。申しわけなかったわ。光毅には私からよく言っておきます。——明生。私は二度と小野瀬家と関わりたくないし、私の家族にも関わらせたくないと思ってるの。それを、あなたにも覚えておいてもらえると嬉しいわ」

「……あー、そう。了解」

(小野瀬家……か)

美貴の邪険すぎるこの態度の原因は、小野瀬家そのものか。

政略結婚させられた相手は同性愛者、しかも同じ屋敷内に愛人までいる。

女性としては辛すぎるこの状況で、側にいた夫と同じ顔の男に救いを求めたのも無理からぬことのように思える。

しかも、婚家から追い出される際、その男との間に生まれた子供を強制的に取り上げられ、会うことさえ許されなかった。

客観的に考えて、彼女が嫁ぎ先を恨むのも仕方のないことだ。

そう明生は感じた。

(俺は、その小野瀬家の跡継ぎなんだしな)

産んだだけで、抱くこともできなかった子供に愛情を感じられないのも無理はない。

明生自身、目の前にいる血縁上の母親である彼女に対して、愛情らしきものを感じることができずにいるのだから……。

愛情を感じられない以上、彼女にとっての明生は、小野瀬家そのもの。

今の家族を守るために、排除したいと願うのも無理はない。

(俺だって、美貴《この女》や大樹《あの男》が信矢の害になるんなら、排除したいもんな)

そう思えば、お互い様だ。これ以上ここにいても意味はない。

明生は、そのまま出て行こうとしたが、ふとショックを受けたままの光毅が目に入って足を止めた。

いつもは瞬間湯沸かし器よろしくすぐに真っ赤になる光毅が、表情を強《こわ》ばらせたまま蒼白な顔をしているのが、なんだか酷く不愉快だ。

「ったく……。——あのさ、最後にひとつだけ。こいつ、あんたを喜ばせようとして俺をここに呼んだんだからな。あんま邪険にしてやるなよ」

明生の言葉に、美貴が怪訝そうな顔をする。

柄にもなくお節介なことを言ったのが気恥ずかしくて、明生がそのまま部屋を出て行こうとすると、「待って」と呼び止められた。

「なに？　まだ俺になんか言いたいことがあんの？」

振り向くと、美貴は微かに眉をひそめていた。

その瞳が、微かに揺らいでいる。

「あなたに……謝るつもりはないわ。私には、その資格すらないから……」

「そりゃそうだ。俺には、あんたに謝られる覚えもないしさ」

「本当に？」

「ああ。あんたがいなくても別に不自由しなかったしな。——つーか、むしろあんたは、そっちの息子に謝るべきなんじゃねぇの？　そいつのがよっぽど不幸そうに見えるぜ。あんたの事情もわかるけどさ、もうちょっとかまってやれよ」

常識を逸脱した特殊な精神構造の持ち主である父親の影響を受けないよう、息子をわざと遠ざけたらしいが、もう少しやりようがあるんじゃないかと明生には思える。

「……不思議ね。こうしてるとあなた、普通の子供のように見えるわ」

光毅を気遣《きづか》うようなことを口にした明生に、美貴が戸惑ったような視線を向けた。

「普通って……。失礼だな。俺はあんたの旦那《だんな》とは違うぞ」

「そういう意味じゃないの。私が言いたいのは、あなたが無事なのかどうかってことで……」

美貴は不意に言葉を止め、深いため息をついた。

「駄目ね。つい。甘いことを考えてしまう……。あの男に育てられたあなたが、無事でいるはずもないのに……」

「さっきから、なにわけのわかんないこと言ってんだよ」

思わせぶりな言葉が、なんだか酷く不愉快だ。

「なんでもないの。忘れて……。自覚がないのなら、そのほうがあなたにとっては幸せなんだわ。たぶん……」

もうおかえりなさいと、美貴がドアを指し示す。

「あー、そう。わかったよ」

明生は舌打ちして、その場を立ち去った。

(なんなんだよ、いったい)

中途半端にはぐらかされたことが、なんだか酷く気持ち悪い。

曖昧《あいまい》な美貴の言葉が、見えないベールになって身体に重く絡みついているような感じがして、妙に息苦しい。

息苦しさを振り払うように、玄関に向けて早足で歩いていると、光毅が後ろから追いかけてきて何度も謝った。

「――ごめん。マジごめん。こんなことになるなんて、全然思ってなかった」

そこまで謝られるようなことじゃない、気にするなと言ったのだが納得しない。

いくらなんでも実の母親にあんな態度を取られて平気なわけがないと思い込んでいるよう

で、泣きべそをかく始末だ。

（……なんなんだ）

　不愉快だったのは事実だが、光毅が思っているような意味ではまったくショックを感じなかった明生からすると、光毅の反応こそが奇妙なものに思えた。

「そういやおまえ、兄弟の俺に会いたいって思ってたっての、あれマジ？」

　車に乗る間際、ふと気になって聞いたら、光毅は一気に赤くなって「違う！」と怒鳴《どな》った。

「あ、あの頃は、あんたに嫌がらせのひとつもしてやりたいと思ってたから、だから会いたがってただけで他に意味なんかねぇよ！」

（……マジだな）

　どうやら光毅は、両親に対するのとかなり似通った感情を、明生にまで抱いていたらしい。

　血が繋がっている、ただ、それだけのことで思慕の念を抱く。

　明生にとってそれは、どうしても理解できない感情だった。

　それでも、勘違いするなよと真っ赤になって睨みつけてくる光毅の表情を見ていると、変な奴だと意味もなくからかいたくなるし、自然に口元もゆるむ。

　さっきショックを受けて蒼白になっているのを見たときは、なにか不愉快になったし……。

（俺は、こいつが気に入ってたのか）

　知り合って半年、いつの間にか友達として認識してしまっていたのか、それとも……。

明確な答えが浮かんでこない。

（弟として？）

自問自答してみたが、否《いや》とも応《おう》とも、明確な答えが浮かんでこない。

基本的に排他的な明生にとっては、そんな中途半端な自分の感情の動きが目新しく、同時に奇妙な感覚でもあった。

車に乗り、神田の屋敷から離れると息苦しさが少し薄れた。

冷静になって、さっきの出来事を振り返る余裕も出てくる。

（……あの男って、爺《じい》さんのことだよな）

——あの男に育てられたあなたが、無事でいるはずもないのに……。

そう美貴は言った。

明生の祖父にして、光樹と大樹の父親である、小野瀬翁。

彼はかつて、自分の子供達に特殊な教育を施した。

小野瀬家の負の財産、軍需に関わる違法な仕事をいずれ引き継ぐことになる息子達が、それらの仕事に罪悪感を抱かない人間に育つようにと……。

その結果、倫理面に異常をきたして成長した大樹は、自分の片割れである光樹を殺すことになる。

二重の意味で息子を失い、小野瀬翁は深く後悔した。

だからこそ、いま密かに負の財産の解体が進められているのだ。

そして、同じ過ちを繰り返さないために、孫である明生には人格面を矯正《きょうせい》するような特殊な教育は施されていないのだが……。

（あの女、なんでそれを知らないんだろ）

現在、美貴は今の夫である大樹と共に暮らしているのだと聞いている。

小野瀬家から放逐された後も、小野瀬グループ内部の事情に精通している大樹の口から、事実を聞いていても良さそうなものだ。

——小野瀬の跡継ぎは、我が儘放題に育ったお馬鹿さんだ。

明生本人の耳にまで届くほど蔓延《まんえん》している、そんな噂《うわさ》も聞いたことがなかったのか？

（なにか変だな）

美貴が最初に見せた、あの反応。

彼女は、なんのためらいもなく明生に敵意を向けてきた。

あそこまでの態度をとるからには、それなりの確信がありそうに思えるのだが……。

（……俺、普通だよな）

なんだか急に不安になった明生は、無意識のうちに親指の爪を噛んでいた。

祖父の命令で薬物依存の怖さを啓蒙《けいもう》するような映像を見せられたことはあるが、それ以外に特別な教育を強要されたことはないはずだ。

父親達は大学生になるまでは屋敷内でのみ教育を受けていたと聞くが、明生は小学校から普通の学校に通わされている。

思い当たる節はなにひとつない。

ないはずなのに、なにかを見落としているような気がして、無性に不安で息苦しい。

——やっぱり、あんた変。

怪訝そうな光毅の表情が脳裏《のうり》をよぎった瞬間、ポケットの中の携帯がブルブルと震えて、明生は思わずビクッとした。

「メールか」

携帯を開きディスプレイを見ると、猛から。

文面は、『この精神的近眼！　一足先に寺にでも行きやがれ！』だった。

（なに怒ってんだか）

デートスポットを聞いただけだというのに、この過剰反応。

呆れて携帯を閉じかけたが、普段は冷静な猛のこの剣幕が奇妙に思えて手が止まる。

（精神的近眼って、どういう意味だったっけ？）

猛がたまに口走るこの言葉。

最初に言われたのは、明生の誘拐計画が進行していた頃。

父親絡みのしがらみで誘拐計画に荷担させられていた猛が、もっと危機感を持って自分の周囲をよく見ろという警告の意味で、明生に向けて発した危険シグナル。

誘拐事件が未遂に終わった後も、猛はたまに明生に向けてこの言葉を使う。

このフレーズが単に気に入ったんだろうと思っていたのだが……。

(まだ、なにか見えてないものがあるのか?)

——なんでもないの。忘れて……。自覚がないのなら、そのほうがあなたにとっては幸せなんだわ。たぶん……。

不安になった途端、意味のわからない美貴の言葉が耳に甦《よみがえ》る。

薄れていた息苦しさが、また甦ってきた。

『俺はなにが見えてないんだ?』

明生は自分でもわけがわからない衝動に駆られるまま、猛にメールを送っていた。

『なにもかもだ』

猛の返事は簡潔だ。

『それじゃわかんねぇよ。もっと具体的に教えろ』

『今は無理』

『じゃあ、いつなら良いんだ?』

『珍しく食い下がるな。なにかあったか?』

『実の母親ってのに会ってきた。曖昧で意味深なことなことばかり言われて気分最悪なんだ。おまえまで誤魔化《ごまか》すなよ。教えろ!!』

『本気で知りたいのか?』

『もちろん。聞けば教えてくれるって、前に言ったよな?』

精神的近眼、という言葉に込められた猛からの危険シグナル。

父親絡みのしがらみがあるから自分からは明生に情報を流すことはできないが、明生がそのシグナルに気づき聞いてきたら事実を教えていたと、あの誘拐事件のときに猛は言った。

今度もあのときのように、猛が精神的近眼という言葉で明生になんらかの警告を発しているのなら、きっと教えてくれる。

明生は、そう信じた。

(猛は、あのとき俺を助けてくれた)

誘拐事件の際、家族とともに逃げる準備ができていたというのに、迷い抜いた末、猛は『馬鹿すぎて見捨てられない』と、明生を助ける為《ため》に動いてくれた。

誘拐に手を貸したという事実がある以上、明生が無事戻っても、小野瀬翁の怒りは免れないと承知した上での行為だった。

その事実を知らされたとき、胸をよぎった複雑な感情を今でも明生ははっきり覚えている。

あの瞬間まで、明生は一緒にいて楽だという理由だけで、猛と友達づきあいをしていた。

猛もまた、家同士のしがらみがあるからこそ、自分と友達づきあいを続けてるんだろうと思っていた。

だがあれ以降、明生の猛に対する見解は変わった。

なんとなくつき合いを続けている友達ではなく、今の自分にとってたったひとりの友達なのだと、そう認識するようになった。

ある意味では、あの瞬間はじめて猛と直接向き合って、本当に友達になれたようなものだと思ってる。

だから……。

（……精神的近眼って言葉に、今度も意味があるなら教えてくれよ）

明生は、開いたままの携帯の画面を祈るような気持ちで眺めていた。

さっきまではメールを送るとすぐに猛から返事が来ていたのに、今度はなかなか来ない。

しつこいと呆れているのか、それとも、なにか悩んでいるのか……。

十分近く経ってから、やっと返事が来た。

『本気で知りたいのなら教えてやる。ただし、こっちにも色々事情がある。ボディガード達を連れず、おまえ一人で指示した場所に来れるか？　安全は保証する』

（ボディガードを連れずに？）

明生は、返事をためらった。

明生が命令したとしても、ボディガード達は明生の側から離れない。

ボディガード達を連れずに行動するには、明生自身が彼らをまく必要があった。

だが、そんな真似をしたら間違いなく信矢や小野瀬翁に報告されて大事になる。

誘拐事件以来、小野瀬グループの手の平の上に乗せられている状態の猛にとって、それはマイナスの行動でしかない。それが危険な行動だとわかっているのかと猛に確認を取ったら、

『承知の上だ』とすぐに返事が来た。

『了解。どこに行けば良い？』

迷いのない返答に、明生も覚悟を決めた。


『ボディガードをまいたら、その後は俺が良いと言うまで口をきくな。それで——』

猛から送られてくるメールの指示に従い、明生は学校近くの公園に向かった。

先に来ていた保子に自分の携帯を渡し、紙袋を受け取って公園のトイレに入る。

（うわっ、汚ねぇ）

はじめて入る公衆トイレは、明生にはたまらなく不潔な場所に感じられた。

吐き気を堪えつつ、着ていた服をすべて保子が用意してくれていた新品の服に着替える。

（変装ってわけじゃねぇんだな）

保子が用意してくれた服は、明生が普段着ているのと似通った雰囲気の服ばかり。

着替えろと指示されたとき、奇抜な服装をさせられないかと不安だったから拍子抜けだ。

外に出ると、保子が新しいスニーカーを差し出してくるので、それに履《は》きかえる。

保子は、明生が来ていた服と靴、それに携帯を入れた紙袋を受け取ると、妙に楽しそうな様子で、無言のまま来い来いと手招きした。

まるで、悪戯をしている最中の子供のようだ。

（こいつ、自分がなにをやってるかわかってないのか？）

一時的とはいえ、明生の所在をくらますための手伝いをすることの危うさに、保子はまったく気づいていないように見える。

保子の父親だって小野瀬グループの一員なのだ。

ボディガードをまくための手伝いをしたことが小野瀬翁に知られたら、父親の立場がまずいことになる可能性だってあるのに……。

口をきくなと言われている以上、保子に問いただすこともできない。

促されるまま公園を出てしばらく歩き、やがて大きな橋に差し掛かった。

橋の中央部分まで行くと、保子は持っていた紙袋をいきなり川に向かって投げ入れた。

速い川の流れにまかれて、紙袋はすぐに見えなくなる。

（なにやってんだ）

呆れながら歩み寄ると、保子は明生の手首の腕時計を指さした。

(腕時計？　って、もしかして……)

嫌な予感がした明生が、ジェスチャーで腕時計を川に捨てる気かと聞くと、保子はこっくりと頷く。

(これだけは駄目だ！)

明生は大きくかぶりを振って拒絶した。

信矢から、屋敷の外では決して外さないようにと言われている。

こんなところで外すなんて問題外だ。

(——俺、なにやってんだ？)

不意に鼓動が速くなって、さっきまでとはまったく違う不安が襲ってきた。

美貴が放った意味のわからない言葉に振り回されて、猛に言われるまま、ボディガード達から離れてしまった。

(猛を信じても良いのか？)

未遂に終わったとはいえ、かつて猛は明生の誘拐に一役買った。

土壇場《どたんば》で気を変えて、明生を助けるために動いてはくれたが、助けようか見捨てようか迷ったのも事実。

いくら友達だからと言って、そんな男を完全に信じてもいいのか？

（……大体、猛がなにを知ってるって言うんだ）

自分が信頼できる相手は、他にいるはずだ。

明生は、怯《おび》えたように後ずさり、首を横に振る。

そんな明生を見た保子は、困ったと言わんばかりに軽く首を傾げていたが、やがてくるっと明生に背を向けていきなり走り出した。橋を渡り終えたところで立ち止まり、猛に指示を仰ぐつもりなのか、携帯を耳に当てるのが見える。

（このまま、バックれようか）

どこかで電話を借りて、ボディガード達に迎えに来てもらおう。

意味のわからない言葉や奇妙な息苦しさに拘《こだわ》ってないで、知りたいことがはっきりしたら、その都度《つど》信矢に聞けばいいのだ。

（……信矢、教えてくれるかな？）

否《いな》、と簡潔な答えが脳裏に浮かぶ。

信矢が無条件にすべてを教えてくれることはない。

なにを聞けば良いのかはわからないのに、それだけははっきりわかった。

――私はあなたに嘘をついています。

信矢はかつて、明生にはっきりとそう言った。

知られたくない事実を隠すために、明生を騙《だま》しているようなものだと……。

そういう信矢に、そんなのどうでも良いと明生は答えた。

信矢が、自分を守るためにそうしてくれていると信じているからだ。

だから今、自分になにが見えていないのかを気にする必要はないんじゃないか？

必要なときが来たら、きっと信矢が教えてくれるだろうし……。

「もう口きいてもいいよ」

やっぱり帰ろうと明生が決意しかかったとき、ちょうど保子が戻ってきた。

「あのね、猛が、その時計は外さなくていいって」

「マジで？」

今まで口をきけなかったのは、明生の腕時計に仕掛けられた盗聴器を警戒してのものだろうと思っていたが、違ったのだろうか？

「うん。無理に外させなくても、大丈夫だろうって言ってた」

保子は迷いもなく、にっこりと笑って頷く。

「そうか……」

（それなら、行っても大丈夫か）

ボディガード達と離れてしまった時点で、この腕時計に仕掛けられている発信器と盗聴器の機能は効果を発揮しているはずだ。さほど待つこともなく、きっと駆けつけてくれる。

（でも……わざわざ行く必要があるのかな）

迷っていると、保子が「早く行こ」と、強引に明生の手をつかんで引っ張った。

「猛、すぐそこで明生のおじいちゃんの車に乗って待ってるから」

「なんで猛が、爺さんの車に？」

びっくりした明生は、保子に引っ張られるまま歩き出していた。

「お屋敷に呼び出された帰りだから」

「ああ、そういうことか」

例の誘拐事件の一件以来、小野瀬翁は明生の友達である猛にちょっかいをかけるようになっている。この先も末永く孫の友達としてキープしてやらねばとでも思っているのか、将来の出世街道まで用意したがっているようだし……。

「猛もご苦労なことだな」

「そんなことないよ。猛、おじいちゃんに会うの嫌がってないもん。あたしもね、一回だけ明生のおじいちゃんに会ったことあるんだよ」

「へえ。……変なジジイだっただろ？」

「変じゃないよ。おじいちゃん、可愛かった。それにね、ヤコに謝ってくれたんだよ」

「あの爺さんが謝ったあ？」

明生にとっては激甘な祖父だが、他の人間に対する態度は尊大だ。

高校生の小娘相手に頭を下げるような人じゃない。

奇妙に思った明生がどうしてそういうことになったんだと聞くと、保子は「内緒」と首を横に振った。

「なんで？」

「猛が、明生には絶対言うなって言ってたから」

「……おまえ、猛の言うことならなんでも聞くのな」

「うん」

嫌味のつもりで言ったのに、保子は嬉しそうににっこり笑う。

（……なんだかなぁ）

子供のように迷いのないその笑顔に、明生の気が抜ける。

その後、五分も歩かずに、見覚えのある黒のリムジンを見つけた。

運転席から降りて、明生達のために後部座席のドアを開けた運転手も、確かに間違いなく祖父専属の運転手だ。

「明生、また学校でね〜」

一緒に来るつもりがないらしい保子に見送られながら車に乗り込むと、車内には不機嫌そうに腕組みをしている猛がいた。

「なんだよ、その面。爺さんに無理難題ふっかけられたのか？」

「違う。それに関しては、もう諦めの境地に至ってるしな。――俺にいま無理難題をふっかけてるのは、むしろおまえだ」

「俺？」

自分が聞きたがっていることは、そんなに難しい話なのだろうか？

明生はどういうことだと猛に聞いたが、猛は口を割らなかった。

（……まあ、危険はないし、大丈夫か）

祖父の車で移動しているのだから、いずれ信矢にも連絡がいくだろう。

ボディガード達をまいた件で、猛や保子が咎《とが》められることもない。

明生は少し安心して、深く息を吐いた。


着いた先は、かつて明生の誘拐の現場となったことのある猛のマンションだった。

だが、その誘拐が未遂に終わってしばらくした後、この部屋は小野瀬翁の命令で処分することになったと聞いている。以前とまったく同じソファに座った明生が奇妙に思って問いただすと、「いざというときの隠れ家のひとつとして、小野瀬翁にもらった」と猛が答える。

「隠れ家？　なにから隠れる必要があるんだ」

猛の大袈裟《おおげさ》な物言いがおかしくて、明生は思わず笑った。

「……言えない。勝手に推測しろ」

だが猛は、不機嫌そうな顔を崩さない。

これはマジだと、さすがに明生も気づく。

「爺さんに口止めされてんのか？」

「それもある。だが言わないのは俺の意志だ。それと、ここは俺のためじゃなく、おまえのための隠れ家だからな」

「俺のため？」

本人に知らせずに隠れ家を用意するとは奇妙な話だ。

「……信矢は、ここ知ってるのか？」

「知らないはずだ」

「だったら、これ、まずいだろう？」

明生が自分の腕時計に右手で触れると、猛は軽く肩を竦めた。

「問題ない。ただの時計だからな」

「え？　だって、信矢は絶対に外すなって……」

防犯用のツールが仕込まれているからこそ、外すなと言ったのではなかったのか？

「それは、ダミーだ」

確認した、と猛が断言する。

このマンションの入り口には、発信器などを警戒したセンサーが取り付けられていたのだ。

「前の誘拐事件のときだって、おまえの腕時計に発信器がついてるってのがばれてただろう？　同じものに仕込んだって、外されたら意味がないだろうが」

「ああ。だから服や靴を変えたのか？」

「そういうこと。心当たり、あるか？」

「……ない」

ダミーを使うにしろ、その事実を明生本人に知らせなければ効果は半減する。

実際、今だって明生は、服を着替えてもこの腕時計さえ身につけていれば安心だと信じきっていたのだ。

（それに、どうして……）

以前、この腕時計を外してしまったことで、信矢に酷く怒られたことがあった。

防犯面での危険があるからこそ、怒ってくれたんだろうと思ってたのに……。

「まあ、発信器がついてなくても心配ない。なにしろ、ここはおまえを溺愛《できあい》している小野瀬翁《おう》が用意した隠れ家なんだからな」

急に不安になった明生の心を見透かしたのか、猛は宥《なだ》めるように少し口調を和らげる。

「――で、俺になにを聞きたいんだ？」

「……え？」

改めて聞かれて、明生は言葉に詰まった。

とりあえずは、精神的近眼と言われる所以《ゆえん》が知りたい。

自分の目になにが見えていないのかを……。

(でも……聞いていいのか?)

明生は無意識に腕時計を指で探りながら、戸惑っていた。

明生自身には見えていなくとも、信矢になら見えているはずだ。

信矢が知っているのなら、なにも問題はないんじゃないか?

無理に聞く必要が、本当にあるんだろうか?

「ま、聞かれたからって、なにもかも全部話せるわけじゃないけどな。今じゃ俺も、小野瀬翁の首輪つきだからさ」

ひとりで狼狽《うろた》えていた明生に、猛がふざけた口調で言う。

「爺さんの……。――そうだ。さっきヤコが、爺さんに謝ってもらったことがあるって言ってたけど、なんでだ?」

とりあえず当たり障《さわ》りのないことを聞こうと思ったのだが、明生の質問を聞いた途端、猛はまた表情を硬くした。

「……そこから来たか」

「聞いちゃまずい話か?」

「いや、そうでもない。……いつか、おまえにも話しておかなきゃならないと思ってたしな。

――ヤコをどう思う？」

「どうって、別に……。おまえの彼女にちょっかい出す気はねぇよ」

「バッカ、そういう意味じゃねぇ」

猛は顔を歪めて笑った。

「最近、しょっちゅう一緒にいるだろう？　……あいつを、変だと思ったことはないか？」

「変って……」

意味を量りかねて、明生は口ごもった。

あの子供じみた言動から少しおつむが軽いんじゃないかと思っていたことを言っても良いかどうか悩んでいると、「無邪気すぎてガキっぽいと思っただろう？」とまるで明生の心を読んだようなことを猛が言った。

「まあ、ちょっとな……。でも、実際は頭良いんだろ？」

同じ大学に行けるみたいだしさ、と言う明生に、猛は首を横に振った。

「ヤコは記憶力が異常に良いだけで、頭が良いのとは違う」

「同じことじゃねぇの？」

「全然違う。――あいつは、子供のとき、脳をいじられてるんだ」

「……はぁ？」

あまりにも突拍子もない話だった。

明生は冗談かと思って、苦笑しながら首を傾げたが、猛は真剣な表情を崩さない。

「おまえにとっての『信矢お兄ちゃん』にあたる存在が、俺にとってはヤコだ。……あいつ、俺の幼馴染みなんだ」

「初耳」

「そりゃそうだ。おまえには言わなかったからな」

出会いは、ふたりが幼稚園に通うよりも前、母親同士が友達だったせいで小さな頃からよく一緒に遊んだ。歳は同じでも、幼い頃は女の子の保子のほうがずっと口も達者で、生意気にもおねえさんぶっては猛の面倒を見ようとして、しょっちゅう喧嘩《けんか》になった。

「ま、喧嘩してもすぐに仲直りしたけどさ」

仲良く遊び、喧嘩してはすぐに仲直りして、またころころと一緒に遊ぶ。

そんなふたりをみて、周囲の大人はお似合いだとからかった。

大人にからかわれるのは不愉快だったが、それでも子供心にもお互いの存在がなにか特別なものだと思っていたのだ。だが……。

「小学三年の頃、ヤコがいきなりいなくなった」

電話をかけても遊びにいっても、保子がいない。どこに行ったんだと保子の母親に問いただしても、病気で入院しているんだと泣くばかりで所在を教えてもらえなかった。

諦めきれず、定期的に保子の家に通うようになって二年後、保子はいきなり家に戻った。

戻ってきた保子は、少し変だった。

「ガキの頃の二年ってのは、けっこう長い時間だよな。学年がひとつ違うだけで、随分と精神年齢も変わるしさ。……なのに、ヤコはいなくなったときから、精神面では成長してないような感じだった」

二年間どこに行ってたんだと猛が聞いても、覚えてないと保子は言う。

それどころか、以前の生意気な性格が影をひそめ、穏やかな性質に変わっていた。

「絶対に変だった。ヤコの両親に、いったいどんな病院に入院してたんだと聞いたが、教えてもらえなかった。どうしても納得できなかった俺は、親父の部下だった男に調べてくれるように頼んだんだ」

その男は猛の頼みを聞かず、そのまま猛の言動を父親に報告した。

「俺が不審がっていることを、グループ内に知られるのを恐れたんだろうな。親父が俺に事実を教えてくれた。——いなかった二年の間、ヤコは小野瀬グループの息がかかった研究施設にいた。そこで、有能な人間を作り出すという名目で密かに行われていた人体実験の献体として使われてたんだってさ」

脳をいじられ、その後は薬漬けの日々を過ごしていたから本人は覚えていなかったのだ。

「う…そだろ？」

「こんなこと冗談で言えるもんか。——ヤコは運が良かったんだと親父は言ってたぜ。最終的に、戻って来なかった子供もいたそうだからな」

「戻って……来なかった？」

「処分されたってことだろ」

吐き捨てるように猛が言った。

「ふ、負の財産のことは、信矢に聞いたけど……。でも、そんなことをしてたなんて……」

全然知らなかった。

違法な薬物の開発や軍需産業に関わることをしているとは聞いたが、人の命をそれに使っているなんて……。

「だろうな。小野瀬翁ですら、つい最近知ったんだから……」

「……グループ内部に危険思想の人物がいたのか？」

「そうじゃない。勘違いするなよ。小野瀬翁の時代から薬品開発に伴う人体実験はあった。胸くそ悪い話だが、まあ貧困に喘《あえ》ぐ国から子供を買っていたんだろうよ。……ヤコ達の実験は、本来の負の財産に関わる仕事とは別件で行われていたんだ」

「どういうことだ？」

「たぶん、実験を行わせた首謀《しゅぼう》者の個人的な遊びだったんだろうよ。子供を取るか、グループ内での自分の地位を取るか、親が苦悩する姿を眺めて楽しみ、手に入れた子供達を自分に都合の良いように作り変えて楽しんでた。……そうとしか、俺には思えない」

保子の一族はかつて薬局のチェーン店を経営していたが、業績が落ち込み、社員ごと小野瀬グループに吸収された。自分の答えひとつで、家族だけでなく、社員達までもが路頭に迷うことになると迫られ、泣く泣く子供を差し出さざるを得ない状況に陥ってしまった。

「俺が無事だったのは、たぶん親父が小野瀬翁に傾倒していたせいだ。ガキの頃、何度か親父に連れられて、引退していた小野瀬翁の元を訪ねたことがあるからな。小野瀬翁の目に触れたことのある子供を献体に使っては、後々面倒が起きかねないと思われたんだろう。……その点、ヤコの親父はグループ内でも新参者だったから……」

それは、まさに悪行。

首謀者の楽しみのために行われた、子供達を使った数々の実験は、当時引退していた小野瀬翁には極秘で進められ、小野瀬グループの中枢に関わる者達ですらほとんど知らなかったのだという。

知っている者のほとんどが、その関係者か被害者のみ。

悪事に荷担した関係者達は、その事実を小野瀬翁に知られることを恐れて口を噤《つぐ》み、被害者達もまた、家族の命と自分の地位とを守るためにいまだに口を閉ざし続けている。

「小野瀬翁は、最近になって、やっとその事実を知ったんだ。——生き証人のヤコに直接会って、かなりショックを受けていたみたいだったな」

「……元に戻せないのか？」

「脳の修復は不可能だ。それに人体実験に関わる詳しいデータは処分されてる。……今となっちゃ、どこをどういじったのかわかりゃしねぇ」

「実験に関わった人間は残ってるだろ？」

「ほとんど残ってねぇよ。ヤコ達が解放されたのと同時期に、主要な研究者はごっそり消えちまってて、いまだに行方不明って話だ。自分で行方を眩ませたのか、極秘に処分されたのかはわかってないがな」

「……処分って？」

「いちいち聞くな。てめえで推測しろ。——ヤコ達が解放されたのは首謀者が死んだせいだ。かねてから罪の意識を抱いていた研究者の一部が、混乱に乗じて密かに逃がしてくれたから無事だっただけで、本来ならまっさきに処分されていたはずだった。首謀者の指示とはいえ、小野瀬翁にさえ極秘に行われていた実験に関わっていた奴らが、首謀者を失ってまず一番最初に考えたことは自らの保身だったからな。小野瀬翁にばれたら大事になると、そそくさと証拠を隠滅しやがったんだ。……しかも、証拠隠滅に走った奴らの中には、負の財産の解体作業に伴って、行方を眩ましたり処分された者もいる。八方ふさがりで、今となっては実験の具体的な内容は調べようがないんだ」

いまだになにが行われていたか、小野瀬翁でさえ正確には把握できずにいるのが事実だと猛は言った。

「……そうか」

なんだか、酷く息苦しい。

「なあ、猛。負の財産の解体作業に伴う処分ってのも、さっきと同じ意味だよな？」

息苦しさに耐えながら聞くと、猛は「ああ」と頷いた。

「違法行為に関わることだからな。それまでのわりの良い仕事をいきなり奪われたら、告発や脅迫を思いつく奴だっているだろう。下手な手を打って、問題が表面化するのだけは避ける必要があるのさ」

後腐《あとくさ》れない方法ですべては進行しているんだと、猛が断言する。

「……爺さんがやりそうなことだ」

「大本の命令の出所はそこだが、なにをどう対処していくか考えているのは違う奴らだ。……そんなの、俺がわざわざ言うまでもなく、おまえだってわかってんだろ？」

その通り、話を聞けば推測するのは簡単だ。

それでも明生は、頷くことができずに、猛の視線から逃げるようにただ下を向く。

（……俺、知らなかった）

負の財産の存在を知ったときも、信矢がその解体に関わっているのだと知ったときも、信矢の説明を鵜呑《うの》みにして、実際になにが行われているのか具体的に知ろうとはしなかった。

自分はいずれ小野瀬グループを引き継ぐ身だから、いま無理に聞く必要はない。

いずれ自然に知る日が来るからと……。

(いや、違うか……)

そうじゃなく、さっと信矢に甘えていただけ。

甘えきっていたから、信矢が与えてくれる情報以外に興味を向けなかった。

自分を守るために、信矢が故意に情報を制限していたことだって知っていたのに……。

(精神的近眼か……。まったく、その通りだ)

自分にとって都合の良い優しい面しか見ようとせず、すぐ側にある痛い事実に目を凝らそうとしていなかった。

信矢ひとりに重荷を預けて、愛されることに甘えきって……。

自分が情けなくて、顔が上げられない。

「——おい、明生?」

しばらくの沈黙の後、猛が声をかけてくる。

「気分、悪くなってねぇか?」

「……別に」

明生が渋々顔を上げると、猛はあからさまにホッとした顔をした。

どうやら純粋に心配してくれているらしい。

気恥ずかしさより、なんだか猛らしくないという奇妙さのほうが勝った。

「なに心配してんだよ。気持ち悪いな」

「うるせぇ、この馬鹿……」

猛は、なんだか酷く疲れたように、深くため息をついた。

「なあ、明生。俺はさ、はじめて会った中学の頃から、ずっと、おまえのことを警戒して、観察してたんだぜ。……どこか、変なところはないかってな」

「なんだよ、それ？」

父親に連れられて小野瀬家を訪れた猛とはじめて会ったときから、猛は妙に大人びた冷めた態度で明生に接してきた。ベタベタもオドオドもしないから、側にいても楽だと感じたのだが、そんな裏があったとは……。

「絶対に変なところがあると思ってた。なにしろおまえは、あの最悪な男に一番近い場所で育てられたんだから……。あの男から悪い影響を受けてないか、異常なところはないかって、俺はずっと見てたんだ」

（あの男？）

母親の美貴も、使った言葉。

美貴のときは祖父のことだと思ったが……。

（……違うのか？）

猛は、祖父を小野瀬翁と呼ぶ。

罵《ののし》るとしたら、あの爺《じじい》だろう。あの男とは呼ばない。

「……俺、どっか変だったか？」

息苦しさに耐えながら聞いてみた。

「変わった奴だと思った。過剰な愛情を注がれて、湯水のように金を使われて、そりゃあ大切にされてるってのに、ちっとも幸せそうじゃねえ。妙に冷めてて、しかも退廃的……。ガキらしくないガキだった。——それでも、おまえの立場や生い立ちを思えば、辛うじて許容範囲だろうとは思ったよ」

猛の言葉に、明生はあからさまにホッとした。

その顔を見て、猛は軽く首を横に振る。

「今は違う」

「え？」

「今のおまえは、確実に変だ。出会ったときは許容範囲だったが、『大好きな信矢お兄ちゃん』が帰ってきてから、おまえは徐々に変わっていった。——なあ、明生。自分の視界が、信矢中心に歪んでるってこと、自覚してるか？」

「いや……だって、それは……」

違うけど、違わない。

確かに信矢が側に戻ってから、明生は信矢にしか興味を向けなくなった。

でも、それ以前から、そうだったのだ。

明生は、他人に興味を持たなかった。大好きだった父親や信矢、自分が家族だと認めた者以外は、明生にとって興味の対象外だったから……。

だから、信矢だけに注意を向けるようになるのも当然だと、そう言いたいのだが……。

——あんた、やっぱり変。

怪訝そうな光毅の顔が脳裏をよぎる。

実の母親や祖父母にたいして、情の欠片《かけら》も感じない自分。

(……やっぱり、変なのか?)

今までまったく疑問を感じなかったことまで、気になってくる。

「答えられないってことは、少しは自覚があるんだな?」

猛の言葉に、明生は頷かず、ただ視線をそらした。

猛は、ため息をつく。

「……おまえさ、最近ヤコのこと気に入ってるだろ? 前ほど、邪険にしないもんな」

「そりゃまあ、毎日顔合わせてるし……」

「あの小生意気な弟も気に入ってるだろ? くだらない愚痴につき合ってやってるぐらいだしさ」

「それだって、あいつが勝手に近寄ってくるからで……」

「興味のない奴は完全無視。それが、おまえの本来のスタンスだ。——だろ？」

「そう……だけど……」

「おまえは、また最近少し変わってきてる。それ、良い変化だと俺は思う。……ヤコもさ、随分変わったんだぜ？　戻ってきたばかりの頃は、精神的にはもう成長できないだろうって言われてたってのに、今じゃなんとか高校生活も送れてるし……。——だからな、だからおまえも……。きっと、なんとかなるんじゃないかと俺は思ってる」

「……俺？」

なぜ、自分と保子が同列に語られているのかが理解できず、明生は首を傾げる。

「良いか、明生。ちゃんと聞けよ。——おまえもそうなんだ。おまえも、あの男から手を加えられてるんだよ」

「……あ……」

ありえない、と言おうとしたが声が出なかった。

ありえないことじゃない。

そんな認識が、じわじわと心に広がってきて、息苦しくてたまらない。

——あの男に育てられたあなたが、無事でいるはずもないのに……。

美貴の声がまた甦る。

（あの男って……）

美貴が言ったあの男も、小野瀬翁ではないとしたら？

彼女は、誰を指して、あの男と言った？

猛に聞いた話を総合すれば、簡単に出せる答えだった。

もう一押しすれば、答えは出る。

それなのに、どうしてもその最後の一押しができない。

考えようとすると、息が詰まって酷く苦しくなる。

「……くっ」

不意に酷い頭痛を感じた明生は、ずるっとソファの背もたれに沿って横に倒れ込んだ。

「おい、明生？」

慌てて駆け寄ってきた猛が、明生を抱き起こして顔を覗き込む。

「……あ……の男……誰？」

酷い頭痛に苦しみながら、明生が懸命に声にした疑問に、猛は答えなかった。

「俺の口からは言えない。ヤコが解放されたのは、俺達が小学五年のときだ。それで勝手に推測してくれ」

「……また、それ……」

猛に答えを言う意志がないとわかった途端、ふっと頭痛が消えた。

「仕方がないんだ。俺が教えたところで、どうせおまえは納得しないしな」

いや、納得できないはずなんだ、と猛はわざわざ言い直した。

「……そんなの、知らない」

明生は、猛を押しのけ、ふらつきながら立ち上がる。

「もう……帰る」

息苦しいし、気分が悪い。それに酷く目も回る。

美貴の言葉で感じた息苦しさは、消えるどころが悪化した。

猛の話を聞けば聞くほど、気分が悪くなるばかり……。

なにも聞きたくないし、なにも知りたくない。

安全な場所に帰って、ぐっすり眠ってしまいたい。

(信矢のところに帰る)

これ以上、ここにいたくない。

「明生、逃げるな。自分で気づいてくれ」

玄関に向かってのろのろと歩く明生の背中から、猛の声が追いかけてきた。

「あまり時間が残ってないんだ。せめて、手遅れになる前に……」

もう、なにも聞きたくない。

明生は振り返らず、ただそこから逃げた。

3

華奢《きゃしゃ》な腕を大人の容赦《ようしゃ》ない力でギリッとつかまれて、明生は悲鳴をあげた。

「パパ、痛いっ！」

「ああ、ごめん」

涙を滲ませた明生の腕を、父親の光樹は慌てて離した。

明生を抱き上げて膝の上に乗せ、さっき強く握った腕を優しく撫でさする。

「あお、ほら、もう痛くない。――ね？」

父親の言う通り。痛みの余波を引きずっていた腕から、すうっと痛みが引いていく。

「……ほんとだ。痛くない」

まるで魔法のようだと、明生は嬉しくてにっこりした。

「あお、もう一回、パパにさっきの話をしてくれる？」

「あのね、ぼくね、信矢に『あお』って呼んでって頼んだんだよ」

「へえ、そうなの」

「うん。信矢に『明生さま』って呼ばれるの嫌なんだ。なのにね、真中《まなか》は駄目って言うの」

使用人の家族と、明生とでは立場が違う。いくら子供同士とはいえ、愛称で呼ばせてはいけないと……。

「パパは？　パパは駄目って言わないよね？」

「う～ん、そうだなぁ。……それも、面白いかもしれないね」

「おもしろいの？」

「うん、そう。……かなりね」

にっこりと微笑む父親の顔に、なにか変な印象を感じて、明生は軽く首を傾げた。

それは、信矢が小野瀬家で暮らすようになってから数日後の出来事。

さらに数日が経過する頃には、明生はすっかり信矢に懐き、『信矢お兄ちゃん』と呼んで後をついて歩くようにまでなっていた。


――記憶の中の光樹の笑顔。

（あのとき、父さんは少し変な顔をしてた）

幼かった頃は、違和感を感じただけでちゃんと理解しきれなかったが、今ならわかる。

あれは、普段の優しいだけのおっとりした笑顔とは確実に違っていた。

なにか、不安を呼び起こすような、奇妙に歪んだ微笑み。

（おれ……なに考えてんだろ）

猛のマンションから外に出た明生は、息苦しさにふらつきながら歩道を歩いていた。

今すぐ屋敷に帰りたいのに、携帯も金もなくて連絡ができない。

また猛と顔を合わせるのは耐えられそうもないから戻ることもできない。

信矢かボディガード達に連絡する術《すべ》を考えなきゃと思っているのに、気がつくと、光樹が普段とは違う顔を見せたときのことばかり考えてしまっている。

原因は、美貴と猛、ふたりの口から出た『あの男』という言葉。

どうしても、それが頭から離れない。

無意識のうちに、それが誰なのかと思考を巡らせてしまっている。

（……それで、なんで、父さんを思い出すんだ）

そんなこと、あるわけない。

光樹は、いつだって穏やかで優しかった。

使用人の子供に酷いことをするわけがないし、明生にだって危害を加えたことはない。

そもそも、本当に自分は手が加えられているのだろうか？

（覚えてない）

身体には、なんの傷跡もない。

どんなに記憶を探っても、それらしい記憶なんて出てこない。

（……ヤコは、覚えてないんだっけ）

薬漬けの日々を過ごしていたせいで、消えていた二年間の記憶が曖昧だと……。

(俺の記憶……)

確かに、明生の記憶には一部曖昧なところがある。

それは光樹が死んだ直後と、信矢が小野瀬翁の差し金で消えた後。

一番身近で大切な人が不意に失われたショックから逃れるためにか、一時的に現実感が酷く希薄になった。まるで夢でも見ているようなぼんやりした気分になって、大切な人が戻ってくるまで、ただ大人しく待っていようと、身体と精神を動かすことを止《や》めた。

光樹が死んだ直後は、人形のようになった明生を、信矢が現実に連れ戻してくれた。

だが、信矢がいなくなったときは、どうだっただろう？

(……あれ？)

一緒に暮らしていた屋敷の中から信矢の姿が消えた直後、信矢を返せと祖父にくってかかって暴れたことは覚えている。だが、その後、どんなに怒っても暴れても祖父が願いを叶えてはくれないと悟った後からの記憶がない。

(なんで俺、覚えてないんだ)

そこだけ、不自然にぽっかりと記憶が抜けている。

その次に思い浮かぶのは、目の前に山と積まれた、祖父から次々に贈られてくるオモチャと贅沢品《ぜいたくひん》の山と、それを見て、ひたすらうんざりしている自分。

なにもいらない、信矢お兄ちゃんを今すぐ戻して欲しいと、それだけを考えていた。

——強制されたのではなく、信矢は自分の意志で遠くへ行った。必要なことをすべて学び終えたら、必ず明生の側に帰ってくる。

そんな祖父の言葉を信じて、早く戻って来てと願いながら、ただ無気力に日々を過ごしていた。

(……ってことは)

犯人は、祖父か?

小野瀬翁ならばやりかねないと、明生はなぜかホッとしながら考える。

だが、この記憶の欠落と、猛から聞いた話とはたぶん関係がない。

小野瀬グループの力を極秘に使って、子供達に非合法な実験を行っていた『あの男』は、小野瀬翁の目を盗んでそれらのことをしていたのだから……。

それでは、あの男とは誰なのか?

「——いッ!」

そこに思考を向けようとした途端、再びズキッと頭の芯が痛む。そしてなぜか、なんの不安もなく、ただ幸せだった子供時代の記憶が勝手に思い出されてきた。

『パパ、大好き!』

記憶の中の自分が、無邪気に父親に抱きつく。

表紙&巻頭カラー
新連載!!
[薔薇とライオン]
ヤマダサクラコ
原作:Unit Vanilla
表紙 ヤマダサクラコ
ピンナップ
金ひかる 初登場
センターカラー
日高ショーコ
富士山ひょうた
【読みきり】
万福雪太/ホコ
後編 語シスコ
後編 望月朝斗
【シリーズ読みきり】
佐倉ハイジ/梅太郎
松本ミーコハウス
三池ろむこ
【大好評連載陣】
有間しのぶ
テクノサマタ
吹山りこ/一之瀬綾子
和泉 桂+金田正太郎
神奈木 智+桃月はるか
崎谷はるひ+山本小鉄子
木々/秋葉東子
田中鈴木/九號
絶賛発売中!!
◆隔月刊
◆奇数月22日発売
ルチル
Rutile
vol.24
キュート&スウィートな
ボーイズコミック♥
表紙イラスト図書カード全員サービス!!
(読者負担あり)
定価680円(本体価格648円)
[ルチル文庫創刊3周年&毎月刊行化記念フェア]小冊子応募者全員サービス応募用紙付き!
(読者負担あり)

6/2
発売
僕らのために①
原作 神奈木智
作画 桃月はるか
交換留学生として、国立ガレンシュラ学院にやってきた薄荷。全寮制のその学校には、本物の皇子様や、天才少年がいて!?
バーズコミックス ルチルコレクション●B6判●620円(本体価格590円)
原作 崎谷はるひ
作画 山本小鉄子
二つ年上の幼なじみ・沢木秀利はゲイだ。秀利の高校卒業式の日、無自覚のうちに振ってから十年、六浦健吾は後悔していたのだが……。
7/24
発売予定
あの日のきみを抱きしめたなら①
バーズコミックス ルチルコレクション
●B6判●620円（本体価格590円）
原作 猪俣ユキ
作画 六本木綾
暮らしているが――。
LARRY IN A《ラリー イン ア マンション》 MANSION①
バーズコミックス スペシャル
●B6判●620円（本体価格590円）
イくてオモシロイ! vol.4
本体予価400円(税込420円)
★B5判★中綴じ
Neko-Mero
こメロ!
全国の書店、またはコンビニでお求めください!
豪華執筆陣25名!
いくえみ綾／くるねこ大和
池田さとみ／樋口大輔
竹本 泉／碧也ぴんく
阿部川キネコ／坂田靖子
黒川あづさ／有間しのぶ 他
大好評
須藤真澄
Wふろく
おたのしみ
●大好評 超人気ブログ写真まんが●
「ちゃとらとはちわれ」
大反響 みずいろねこさん
「あなたのにゃんこが人形になります」プレゼント♥
008年7月16日(水)ごろ発売
6月30日発売
捨てねこ出身の3匹と、仔猫たちが繰り広げるドタバタな毎日が本で読めるようになりました! カワイイ～未公開写真も収録!
人気猫写真まんがブログ、ついに書籍化!
ゃとらとはちわれ
ぴんぐ
《書籍》
●A5判●1260円
(本体価格1200円)

見上げた先にあるのは、穏やかな優しい笑顔。

頭を撫でてくれる手の温かさまで、昨日のことのようにリアルに甦ってくる。

まるで、父親は常に優しく、自分を心から愛してくれていたんだと、強引に確認させられているみたいに……。

（……やっぱり、俺、変だ）

勝手にリプレイされ続ける記憶に晒されながら、それでも明生は辛うじて思考を続けた。

なぜ、『あの男』を特定することに、こんなに抵抗を感じてしまうのか？

おかしい、と思う。

子供の頃ならともかく、今の明生は世の中が綺麗事だけでは済まないことを知っている。

自分が生まれた小野瀬の家が、影で薄汚いことをしていると知っているし、祖父の命令ひとつで人の命が失われることもあると知っている。

その祖父の後継者として生きていた父親もまた、きっと同じ力を有していたはず。

そして、その力を使ったことだってあるかもしれない。

無意識下ではわかりきっていたはずの現実を、改めてしっかり直視しようとすると酷い抵抗を感じて、ズキッズキッと頭の芯を貫くような痛みがひっきりなしに襲ってくる。

「……あたま、イタい……」

まるで、脳に次々と太い針を打ち込まれているような痛みに、明生は立っていることができなくなって、そのままその場に崩れ落ちてしまった。

「――気がつかれましたか？」
瞳を開けた途端、心配そうな信矢の顔が視界に飛び込んできた。
「信矢お兄ちゃん！」
明生は慌てて起き上がり、信矢の首にぎゅうっとしがみついた。
（……こわい）
なにか、酷く怖い夢を見ていたような気がする。
思い出すのさえ嫌な、恐ろしい夢……。
でも、もう、大丈夫。
しがみついた身体から信矢の温もりが伝わってくると同時に、不安感が消えていく。
信矢の側にいれば、怖いことはなにも起きない。
そんな確信も胸の中にゆっくり広がっていった。
宥めるように背中を撫でる手の感触にホッとして、身体の緊張がほぐれる。
（……良かった）

安堵《あんど》した明生は、ふうっと深く息を吐いた。

「明生さま、寝ぼけてらっしゃるんですか？」

微かに笑みを含んだ声で、信矢が聞く。

『あお』と呼ばれなかったことに、明生はがっかりした。

胸に苦いその感情が呼び水になって、乏しかった現実感が不意に戻ってくる。

「……あれ？……俺、どうしたんだっけ……」

「覚えてないんですか？」

「あ……ああ、そうか。そうだった」

光毅の家に行った帰りに、ボディガード達をまき、猛に会いに行った。そして……。

「病院から連絡がきたときは、さすがに驚きましたよ」

「病院？　俺、病院なんか行ったっけ？」

「道で倒れていたところを救急車で運ばれたんですよ。ご自分で名前をおっしゃった後で意識を失われたと聞いていましたが……」

特に外傷もなく、簡単な検査もしたが異常が見当たらないので、そのまま屋敷に連れ帰ってきたのだと信矢が言う。

信矢は、首にしがみついたままの明生の肩をつかむと、ぐいっと引きはがした。

「覚えてらっしゃらないのですか？」

怪訝そうな顔で瞳を覗き込まれて、明生は頷いた。

「光毅の家に行ったのは覚えてるんだけど……」

「その帰りにボディガード達をまいたことは？」

「……それは、覚えてる」

「どうして、ひとりで飛び出したりしたんです？」

「どうして……だったっけ……」

頭の中に靄《もや》がかかっているような感じで、記憶がはっきりしない。

「では、神田邸にはなんのために？」

「光毅から母親に会いにこないかって誘われたんだよ。……ああ、そうだ。それで、あの女になんか嫌なことを言われて……」

無性に不安になって、それで猛に会いに行ったのだ。

「なにを言われたんです？」

「えっと…たしか……、小野瀬の家で育った俺は信用できないから、光毅に近づくなって」

「それは仕方ないでしょうね。なにしろ、光毅さまの父親である大樹さまは、現在、小野瀬グループの対立企業のブレーンをなさっておられるのですから……」

お互いの立場もあるし、あまり親しくなってはスパイと疑われることにもなりかねない。

信矢は穏やかな口調で、明生を宥めるように話した。

「……違う。あれは、そういう意味じゃなかった」

「え？」

「そうじゃなくて……。えっと……なんだったっけ？」

すぐ目の前に答えがあるのに、どうしても手が届かない。

そんな歯がゆさに苛立った明生は、知らず知らずのうちに右手の親指の爪を噛む。

「駄目ですよ。爪の形が悪くなる」

明生の右手を、信矢の手がつかんで口元から引き離した。

「ん？」

指摘されて、明生は自分が爪を噛んでいることに気づいた。

「変な癖が出ちゃったな」

爪を噛むのは子供の頃の悪癖で、寂しかったり不安だったりすると、つい爪を噛んでしまって、使用人達を随分と困らせていた。

「癖？　はじめて見たような気がしますが」

「ああ、だろうな。この癖、信矢が一緒に暮らすようになってすぐに治ったから」

信矢が覚えてないのも当然だ。

父親がいつも忙しくて、側にいてくれない寂しさが原因だろうと言われていた癖だった。

信矢といういつも一緒にいてくれる大好きな存在を得たことで、子供時代の明生は寂しさから解放され、この悪癖もなりをひそめた。

（あれ？……でも、この癖って……）

祖父の差し金で信矢と引き離され、虚しいだけの日々を過ごしていた頃、酷く寂しい思いをしていたのに爪を噛む癖は出なかった。

（なにが違うんだろう？）

あのときと、今と……。

「ああ、爪の先が少しガタガタになってる。後で、綺麗に整えましょうね」

「うん」

信矢の指が、愛おしそうに明生の指に触れる。

宝物に触れるような、その優しい感触が嬉しくて、明生は微笑んだ。

「でも、その前に今日あったことを白状してもらいますよ」

一転して、信矢は厳しい顔になる。

「そんな怖い顔するなよ。俺が勝手な真似するのなんか、いつものことだろ？」

「そんなことはありませんよ。あなたが自分で動き出すときは、いつもそれなりの理由があった。——なにが気にかかったんですか？」

「なにって……。……えっと……なんだったっけ？」

いったいなにが不安だったのか……。

記憶を探っても、やっぱりはっきりしない。

「では、質問を変えます。ボディガード達をまいた後は、どちらへ?」

「え、ああ、それは……」

——猛に会いに行ったんだ。

そう続けかけた言葉を、明生は途中で止めた。

それを言ってしまうと、猛のあの部屋に行ったことまで芋《いも》づる式に白状させられる。

(……教えちゃまずいんじゃないか?)

小野瀬翁に与えられた隠れ家だというあの部屋の存在を、信矢は知らない。

あの部屋に明生を招き入れるために、猛が明生の発信器の類《たぐい》をすべて外させたのは、信矢にあの場所を知られないためだとしか考えられない。

となると、つまり……。

(爺さんは、信矢を信用してないんだ)

それどころか、警戒している可能性が高い。

(ったく、なに考えてんだか)

そんな結論に達した明生は、心の中で舌打ちした。

幼かった信矢に、二度と後戻りできない危険な道を選ばせておきながら、今さら信用しないだなんて……。

いったいなにが原因でそんなことになっているのか、明生にはさっぱりわからない。

(……やっぱ、言えないよな)

信矢に話すのは、猛に詳しい話を聞いてからでも良いだろう。

信矢と祖父と、どちらかを選べと言われたら、明生は迷わず信矢を選ぶ。

でも今は、選ぶ必要はない。

ふたりの間にトラブルが表面化しているような気配はないのだから……。

(うっかり隠れ家のこと話したら、逆に火種になりそうだし)

トラブルが起きたら、今の段階では間違いなく信矢が圧倒的に不利だ。

いずれ明生が大人になり、小野瀬グループ内での実権を握れるようになったら、信矢を庇《かば》うこともできるようになるだろうけど……。

(信矢のためにも、今は黙ってたほうが良い)

一瞬のうちにそんな考えを巡らせた明生は、信矢に嘘をつくことにした。

母親との対面でむしゃくしゃして、ひとりになりたくなっただけだと……。

だが、明生がそれを口にする前に、信矢が先に口を開いた。

「病院に駆けつけたとき、あなたは着ていた服をすべて違うものと取り替えていた。しかも、調べさせたあなたの携帯の発信記録は、何者かに改ざんされた跡があった。明生さまがひとりでできることじゃない。——誰と会ってたんです？」

（……そこまでやってたのか）

発信記録を調べさせたのにも驚いたが、すでに改ざんした後だったというのにも恐れ入る。

小野瀬翁は、本気で信矢を警戒しているのだ。

（絶対に言えない）

決意を新たにする明生の耳に、信矢が囁く。

「誰と会っていたのか教えてください」

──ね、あお？

耳元で優しく囁く声に、明生はぴくんと微かに震えた。

「…………た──」

と、同時に、ゆっくりと自分の唇が動きはじめるのを感じる。

（な……に？）

「──けし……と……会ってた」

話す気はまったくないのに、唇が勝手に動く。

「沢井猛と？」

「……う…ん。そう」

信矢の問いに、明生はこくんとあどけない仕草で頷く。

が、それもまた無意識での動作……。

(どう……なってるんだ?)

驚いた明生は、思わず手の平で唇を覆った。

(ちゃんと動く)

身体の感覚もあるし、手だって自分の意志で動く。

(なのに、なんでさっきは勝手に動いたんだ?)

まるで、知らない間に操り人形にでもなってしまったような気分だ。

戸惑う明生の耳に、また信矢が囁く。

「あお、猛となんの話をしていたんです?」

「覚えてない」

すんなりと、思った通りに声が出る。

猛に会いに行って隠れ家云々の話をした直後から、記憶がはっきりしない。

「ホントだぞ。なんか、そこだけぼんやりしてて……。——そんなことよりさ……」

俺、今、ちょっと変だったんだ。

そう信矢に訴えようとしたのに、その前にギリッと強く肩をつかまれ、怖い顔で瞳を覗き込まれた。

「思い出しなさい。あお!」

強い調子で名前を呼ばれて、ビクッと身体がまた震える。

「つッ」

その途端、ツキン、と刺すような痛みが頭に走った。

「……や……だ」

「あお⁉」

「やだやだっ！　おもいだしたくないっ！」

両手で頭を抱えて、明生は思いっきり首を横に振った。

ズキンズキンと、頭が割れるように痛み出す。

痛みで、まともな思考ができない。

「いたい！　頭が痛いよぉ！　信矢お兄ちゃん、助けてっ！」

明生は救いを求めて、夢中で信矢のシャツをぎゅうっとつかむ。

「大丈夫、落ち着いて、あお」

信矢は明生の背に腕を回し、すっぽりと抱き込んだ。

「すぐに痛みは引きます。大丈夫、痛くない」

ぽんぽんと宥めるように背中を叩《たた》かれた。

その度に、頭の痛みがすうっと薄れていく。

(魔法みたい。……ホッとする)

ここにいれば大丈夫。

怖いことはなにもない。
信矢お兄ちゃんが、ちゃんと守ってくれるから……。
「大丈夫そうですね」
「う……ん」
信矢に聞かれて、明生は頷く。
抱きしめている身体の緊張感が抜けていくのがわかったのだろう。
(なんで頭が痛くなったんだろう)
こんな不自然な頭痛に襲われたのははじめてだった。
それに、さっきは勝手に身体が動いたし……。
(……俺、なんか変だ。——って、あれ？　このフレーズって、確かさっきも……)
——やっぱり、俺、変だ。
そんな風にずっと考えていたような気がする。
(さっきは、なにが変だと思ってたんだっけ……)
思い出そうとすると、また微かに頭が痛くなった。
でも、きっと大丈夫。信矢が抱きしめてくれていれば怖くない。
目を閉じて、曖昧な記憶を探る。
(そうだ。最初に、光毅が変だって言ったんだっけ。それで……確か、猛も……)

思い出すのを邪魔するように頭痛がする。その度に、抱きしめてくれている信矢の腕を確認して自分を励まして、少しずつ少しずつ思い出そうとしたのだが……。

「あお、無理に思い出そうとしなくても良いですよ」

信矢の声に遮られ、明生は顔を上げた。

「え、でも……もうちょっとで思い出せそうなんだ」

もう少し頑張れば、記憶が戻ってきそうな気がする。

明生自身、記憶が曖昧なのは気持ちが悪いから、なんとかして思い出したかった。

「いいえ、これ以上、あなたに負担をかけたくない。知りたいことは、直接、猛に聞きます」

「猛に……？」

（それって、まずい……よな？）

猛と信矢を直接会わせるのは避けたい。

信矢が猛に接触すれば、それはすぐ小野瀬翁の知るところとなる。

今以上に警戒されるようなことになってはまずい。

「待って。俺、自分で思い出せるからさ。あと、もうちょっとなんだ」

もう一息で曖昧な記憶に手が届く。

小野瀬翁絡みのことは、信矢に全部委《ゆだ》ねるのはまずい。

少しぐらい無理してでも、自分で思い出して、自分で対処したい。

だが信矢は、「その必要はありません」とはっきり言った。

「あなたは、なにも考えなくていい」

「……え？」

その言葉に驚いた明生は、身体を離して信矢の顔を見る。

「信矢、なに言ってんの？」

「なにも考えなくて良いと言ったんですよ。思い出そうとすると、頭痛がするんでしょう？　わざわざ辛い思いをしなくてもいい。余計なことはもうなにも考えず、すべてを私に委ねてください。大丈夫。あなたを苦しめるものは、私がすべて排除しますから」

――ね、あお？

優しく信矢が囁く。

（そんなこと……できない）

もう子供じゃないんだから、自分のことぐらい自分で考えられる。

いや、自分で考えられるようにならなければいけないのだ。

守られることに甘えて依存してばかりじゃ、この先、信矢を支えられるような存在にもなれないし……。

できない、と答えるつもりだった。

それなのに、明生の口は違う言葉を言った。

「うん。……ぜんぶ、任せる」

（俺、なに言ってんの？）

こんなこと言うつもりはまったくなかったのに、
今の無し！　違うから、と否定したいのに……。どうしたわけか思うように口が動かない。

「あおは、素直で本当に可愛いな」

信矢は満足そうに囁くと、明生の頬を撫でる。

その手が首の後ろに移動して、くっと引き寄せられた。

（え……、ちょっと……）

キスなんかしてる場合じゃない。

思うように動かないこの身体の異常も気にかかるし、信矢の言葉にも納得できない。

——諦めないで、もう少しだけ頑張ってみよう？

子供の頃、そう言って励ましてくれたのは信矢だった。

甘やかされ放題だった明生に、そんな風に正面からちゃんと諭してくれたのは信矢だけ。

そんな信矢だったからこそ、明生は信矢を誰よりも信頼していたのだ。

自分のことをちゃんと見て、考えてくれてるんだと思って……。

（……信矢も、なんか変じゃないか？）

なにも考えなくて良い、全部自分に任せろだなんて、そんなことを言うような人だっただろうか？
少なくとも、明生が知っている信矢は、そんな人じゃなかったはずなのに……。
『信矢、ちょっと待って！』
明生は、そう叫んで、信矢の胸を押し戻した……つもりだった。
だが、実際は、自分からすり寄るように信矢に抱きついている。
自ら唇を開き、嬉々としてキスを受け入れて……。
(なに、なんなんだよ、これっ！)
キスされている感覚だけは伝わってくるのに、自分の意志で身体が動かせない。
誰かに操られているかのように、身体が勝手に動く。
まるで、心だけが身体から切り離されてしまったようだ。
明生が狼狽えている間にも、明生の身体は勝手に動き続けていた。
「……んっ……。――ふふっ……」
耳元をくすぐる信矢の指の動きに、くすぐったそうに首を竦めて甘えた声で笑う。
もっと……と、信矢の手を導いて自らに触れさせ、誘う。
(もう止《や》めろ！　止めろってばっ!!)
媚《こ》びを含んだその仕草に、明生はたまらなくなった。
意志に反して勝手に動く身体、その動きは昨日までの明生の仕草そのものだ。

誰かに操られているというより、むしろそれまでの経験をなぞって条件反射で動いているよう……。

甘えて、媚びて、誘う。

うっとりと酔いしれているときには抵抗感なくやっていたが、そんな自分を冷静な状態で見せられるのは、とてつもない苦痛だ。

それに、なにより身体の自由がきかないことが怖い。

今まで経験したことのない恐怖に、明生はパニックを起こしかけていた。

(俺、どうなってんだ？――信矢！　信矢ってば、助けてっ!!)

必死で叫んでいるつもりなのに、唇はまったく動いてくれない。

明生の意志とは裏腹に、誘いに応じた信矢に嬉しそうに微笑みかけている。

やがて明生の身体は、ベッドに上がった信矢の膝の上に座って、そのシャツに手を伸ばしボタンをひとつひとつ外していった。

「信矢は、じっとしてて」

はだけた胸にゆっくり手を這わせて、笑みを浮かべたままの唇を押しつける。

跡がつかない程度に、ちゅっちゅっと軽く音を立ててキスして、舌でその肌に触れて……。

鍛えられた身体、しなやかな肌。

自分の意志で触れているわけじゃないのに、感触だけはある。

夢中になって信矢の肌にキスしている明生の服を、信矢がそうっと脱がせていった。

素肌に触れる信矢の指先の動きに、肌がザワリと甘く疼く。

そして、身体の芯に、火が灯《とも》ろうとしている感覚。

(こんなの、いやだ！)

微かな愛撫《あいぶ》に昂《たか》ぶっていく自分の身体。

自由に動かせないのに、その変化だけはリアルに感じる。

こんな状態で抱かれたって、嬉しくもなんともない。

(信矢、気づけよっ！　気づけってばっ!!)

自分が異常な状態にあることを信矢に気づいて欲しくて、明生は心の中で必死に叫んだ。

だが、言葉にならない声は、信矢にはまったく届かない。

「じっとしてってって言ってるのに……」

露《あら》わになった肌に悪戯を仕掛けてくる信矢の指先の感触に耐えきれなくなった明生は顔を上げ、信矢を拗ねたように睨んだ。

「こんなに魅力的なのに、じっとしていられるわけがないでしょう」

信矢が、微笑む。

愛おしそうな瞳で、明生の身体を見つめて……。

(いや……いやだ……)

明生は泣きそうになった。

(信矢、それ、俺じゃない。……なあ、気づけよ)

なにが起こっているのかはわからないが、いま明生の身体を動かしているのは明生自身じゃなくて、なにか違うもの。

信矢が自分以外のものに優しく微笑みかけるのを見せられるなんて嫌だ。

信矢が愛おしそうに見つめて、抱きしめているのが、自分じゃないことが苦痛だった。

(……信矢、もう止めろってば)

必死で叫んでも、祈っても、信矢には届かない。

行為は止まらず、いつものように深まっていく。

反応して昂ぶる身体、しっとりと汗ばみ、荒くなっていく呼吸。

すべての感覚があるだけに、それは地獄だった。

「あお、良い子だ。力を抜いて……」

押し当てられ、ゆっくりとこじ開けられる感覚。

揺さぶられる度に、唇から零《こぼ》れる甘い嬌声《きょうせい》。

耳に届く、信矢の荒い息……。

(いやだ、聞きたくないっ!)

耳をふさぎたくても、それができない。

感じたくなくても感じてしまう。

快感は喜びではなく、苦痛でしかなかった。

「だめ……だめ……。あっ……やぁ……もっ……ゆっくり…」

明生自身の甘えたかすれ声が聞こえて、信矢の動きが止まる。

「あお、もっとゆっくり楽しみたい？」

「……ん」

明生の身体が頷いて、視界が上下に揺れた。

「ゆっくり、可愛がって……」

舌っ足らずな子供っぽい声。

その言葉に、信矢が嬉しそうに微笑む。

「あおは可愛いな。素直で本当に可愛い」

愛おしそうに見つめる瞳。

（……信矢、それ、俺じゃない）

見たくないのに、目をそらすことも、閉じることもできない。

（なんで、わかんないんだ）

深い絶望感に心が冷えて凍りついていく。

自分じゃないものを信矢が愛おしそうに抱きしめ、求め続ける。

そのすべてを、聞いて見て感じていなくてはならない。

まるで、悪い夢を見ているよう……。

(……どうやったら、目が醒《さ》める?)

明生の心は、深い絶望感に完全に凍りついた。

もはや肉体の熱すら感じられない。

明生は、なすすべもなく静かに絶望しながら、目の前で繰り広げられるおぞましい光景を見せられている。

信じていた恋人が、自分以外の者を抱く姿を……。

(……信矢)

やがて、胸の奥に、ぽっと小さな炎が灯った。

明生の嫉妬や苛立ちが混ざり合い、形になった小さな炎は、ゆらりと揺らめきながら急激にその火勢を増していく。

不意に、『パキン』と、胸の奥でなにかが割れるような音がした。

それは、急激な熱に晒されたせいで、冷え切って凍りついた心にヒビが入った音。

(……ッ)

その途端、胸に耐え難い痛みと衝撃を感じて、そのまま明生の意識は現実から遠ざかっていった。

☆

目を開けると、知らない部屋で大きな椅子《いす》に座っていた。

身体《からだ》は動かなかったが、不安は感じない。

目の前に、大好きな父親——光樹《こうじゅ》が椅子に座っている姿が見えていたせいだ。

「一度で済ませてしまうことはできないの？」

おっとりとした口調の光樹が、側に立つ白衣の男を見上げて質問する。

「それをするには、明生《あきお》さまはあまりにも幼すぎます。語彙《ごい》の理解力も足りませんし、複雑な条件付けを受け入れるだけの認識力もない。時期を見て、条件付けを上書きしていく必要があります」

「じゃあ、次の施術はいつ？」

「第二次反抗期を迎える十二歳前後を予定しています。精神的に成長して自立しはじめる、不安定な時期が都合が良いかと」

「上書きしなかったら、どうなるの？」

「こんなに幼い子供に施術したことはないのでわかりかねます。……ですが、この暗示が正常な精神の成長の枷《かせ》となるのは間違いない。幼児性が抜けないままになるか、それとも人格に歪《ゆが》みが出るか……。条件次第では、自力で暗示をはね除《の》ける可能性もありますが」

「条件？」

「明生さまの自尊心が、あなたに対する信頼より勝った場合です」

「ふうん。興味深い。――あの子が自力で暗示を解けるかどうか、観察するのもけっこう楽しそうだ」

「お勧めできません。暗示を打ち破る際にかかる負荷で、明生さまの精神に取り返しのつかない傷がつく可能性もあります。それに、万が一自力で暗示を打ち破り事実を知ったら、明生さまはあなたを深く憎むようになるかもしれない。強い自我と強い不信感を併せ持つようになっては、暗示で精神を操ることが困難になります」

「そうか。残念だな。でもまあ、仕方ない。――この子の可愛《かわい》い笑顔が見れなくなったら悲しいしね」

　こちらを見て、光樹が優《やさ》しく微笑《ほほえ》む。

　白衣の男は、軽く眉《まゆ》をひそめた。

「可愛いと思っていらっしゃるのなら、どうか思いとどまってください」

「いやだなあ。可愛いから自分のものにしておきたいんじゃないか。余計なことを言わず、君は黙って命令に従いなさい。自分の家族が大切ならば……ね。――ねえ、本当に僕だけを慕うようになるんだろうね？」

「……大丈夫です。今回の暗示は子供の親に対する依存心――甘えたいという欲求を利用しますから。保護者であるあなた以外に向くことは、まずありえません」

「そう？　僕の父……明生にとっての祖父だけど……とんでもなく明生を甘やかしたがるんだよね。甘やかされすぎて、暗示がそっちに作用することはない？」

「大丈夫でしょう。同居しているならともかく、たまに会う相手に対する甘えは、依存にまで発展しませんから」

「つまり、万が一、父と同居することになったとしたら、その危険はあるわけか……」

あ、そうだ、と光樹が楽しそうな顔になる。

「魔法の呪文《じゅもん》を作ろう」

「呪文……ですか？」

「そう。僕だけが呼ぶあの子の愛称、『あお』を魔法の呪文にするんだよ。父は、あの子の名付け親で『明生』という名前を気に入っているから、愛称では決して呼ばないんだ」

できる？　と光樹に聞かれ、白衣の男は頷いた。

「可能です。むしろ、その条件付けは、暗示を強化するのに有効です」

「では、決まりだ」

「――それでは、はじめます」

白衣の男が、明牛にゆっくり近づいてくる。

☆

そして、目を開くと、そこには見慣れた天井。
「……きもち……わる……」
身動きしたわけじゃないのに、ぐらっと世界が揺れているかのように眩暈《めまい》がする。
明生は、自分を取り巻く世界が、ぐんにゃりと歪んでいくような錯覚に襲われていた。
頭の中には、木霊《こだま》のように声が響いている。
さっき見た夢に出てきた、白衣の男の声が……。

その愛情を疑うな。
ただひらすらにその愛情だけを求め、媚《こ》び、従属しろ。
その存在を失ったら生きてはいけないほどに依存しろ。
言葉遣《ことばづか》いは違えど、男の声はそんな内容の言葉を繰り返し続けている。
(この声が、あの頭痛の原因か……)
明生には、それがはっきりわかった。

愛情を注ぐべき対象に不信感を抱《いだ》かぬよう、危険な思考を巡らせないようにと、ずっと頭の中で命令し続けていた声。

その声に逆らうような思考を巡らせようとしたせいで、明生の精神には過剰な負荷がかかり、それが頭痛という形で表面化したのだ。

無意識下で囁《ささや》き続けていた声が表面化したことで、明生の記憶もまたクリアになっていた。

母親と対面して感じた息苦しさ、疑問、そして猛《たけし》から語られた話のすべて……。

(俺も……手を加えられてた)

思考を邪魔するものが無くなった今、母親や猛が『あの男』と呼んだ存在が、明生の父親である光樹なのだとすんなり理解できる。

今の今まで忘れていた幼い日の記憶、さっき見た夢の前後の出来事もはっきり思い出せる。

あれは、信矢《しんや》と出会うよりずっと前。父親に連れられていった見知らぬ建物の中で、白衣の男から催眠術《さいみんじゅつ》のようなものをかけられた。

それが、すべてのはじまりだったのだ。

父親だけに依存し、愛するようにと、幼い心を無理矢理縛りつけられ歪められていた。

見えない檻《おり》の中に、押し込められたようなものだ。

明生本来の自我が、依存する対象への不信感を募らせた結果、檻は開いた。

(変だったのも、そのせいか……)

他人だけじゃなく、血縁者に対してさえ明生が極端なまでに淡泊なのも、暗示の一環。

おそらくは、実の両親である大樹《たいじゅ》や美貴《みき》に明生が惹《ひ》かれたりしないよう、光樹はあらかじめ予防線を張っていたのだろう。

(……ひどい)

なぜ、こんなことをする必要があったのか？

明生には、光樹の気持ちが理解できない。

本当に可愛いと思ってくれていたのなら、ただ、その気持ちのままに愛してくれていれば良かったのだ。こんな歪んだ形で支配しようなどとはせず……。

(俺は、父さんのこと大好きだったのに……)

だが、きっと光樹は違っていたんだろう。

光樹が欲しかったのは、明生自身ではなく、大人しく言うことを聞く可愛いだけの人形だったのだ。

だから、自我を縛りつけ、操ろうとした。

暗示をかけられる前から父親のことが大好きだったせいもあってか、暗示をかけられた後も明生自身の言動には、たいした変化は起きなかった。

ただひとつ、爪《つめ》を噛《か》む癖がついたことを除いては……。

それは、仕事が忙しい父親が、なかなか側にいてくれないことに対するストレスの表れ。

その代わりとして沢山《たくさん》の使用人達が明生にあてがわれて甘やかされていたが、暗示によって条件付けをされていた明生にとって、それらはすべて無意味だったのだ。

明生が求めて良いのは父親の愛情だけ。

そして、明生がその愛情を注がなければならない相手も父親だけ。

それ以外の存在には、まったく意味も価値もなかった。

愛情をくれるはずの存在が側にいない。

愛情を注ぐべき相手が側にいない。

当時の明生は、愛情に飢え、不安に押しつぶされそうだった。

そんなときに、信矢とはじめて会った。

二歳年上の、いつも側にいてくれる優しい男の子。

手を繋《つな》いで歩いてくれて、目を見て微笑みかけてくれて、そしてときには明生の我儘《わまま》を優しくたしなめてくれる。

(だから俺は、信矢に『お兄ちゃん』になって欲しかったんだ)

父親の不在を埋《う》める、兄という、自分より強い存在。

幼かった明生は無意識のうちに、不足しきっていた愛情を補充する手段を見つけ出した。

そして『魔法の呪文』を自ら信矢に与えた。

——自分の視界が、信矢中心に歪んでるってこと、自覚してるか?

猛の指摘は、正しい。

正しすぎて、胸に突き刺さる。

暗示に縛られていたせいで、父親という絶対者を失った後の明生は、『お兄ちゃん』である信矢の愛情を欲する以外に選択肢がなかった。

小野瀬翁《おのせおう》の差し金で強制的に信矢と引き離されている間、明生はずっと愛情に飢えていた。

だからこそ、信矢と再会を果たしてからは、信矢の愛情をただひたすらに求めた。

もう一度『魔法の呪文』を唱えて、自分の『お兄ちゃん』になって欲しくて……。

信矢と恋人同士になり、『魔法の呪文』が復活してからは、注がれる愛情に満足していた。

幸せだと心の底から感じていたのに……。

(……まさか、それも暗示のせい？)

『魔法の呪文』を持つ存在が側《そば》にいて、愛情を注いでくれる。

暗示によってもたらされた満足感を、自分は幸福と勘違いしていたのか？

(違う。そんなこと……)

暗示は関係ない……はず……。

否定したいのに、なにかが心に引っかかっていて否定しきれない。

(違う。信矢だって……俺のこと愛してるって……)

——あお。

そう耳元で囁く信矢の声が脳裏《のうり》をよぎる。

(あ……れ？　そういえば……)

恋人同士の時間を過ごすときしか、信矢は『あお』とは呼んでくれない。

それは良いのだが……。

(でも、さっきは……)

誰に会っていたのかを答えるつもりはなかったのに、口が勝手に動いて猛の名を口にしてしまった。

暗示に縛られていた無意識と、明生自身の意識が、はじめて剥離《はくり》した瞬間。

(……あれって、信矢が『あお』って呼んだから？)

『魔法の呪文』を使うそのタイミングが、あまりにもはまりすぎていないか？

(……まさか、そんなこと……)

信矢は、暗示の存在を知っている？

知っていて、効果的に使っていた？

そんな疑問が、胸をかすめた。

「そんな……ありえない」

明生は呆然《ぼうぜん》としたまま小さく呟《つぶや》いた。

だって、信矢が知るはずがない。

暗示をかけられたのは、信矢と出会うより前のこと。

万が一知っていたとしても、信矢が暗示という手段を使うはずがない。

自分の心を『魔法の呪文』で縛って、人形のように操ろうとするわけがない。

「だって、そんな必要……ないし……」

(信矢は、俺を愛してくれてるんだ)

小野瀬明生という人間を愛してくれている。

だから、『魔法の呪文』なんか必要ない。

自我を奪われた、従順で可愛いだけの人形を愛《め》でているんじゃないんだから……。


——あおは、素直で、本当に可愛い。


でも、確かに信矢はそう囁いた。

自我と切り離され、暗示の力だけで動いていた明生の従順な抜《ぬ》け殻《がら》を抱きながら……。

「でも……だって、そんなこと……」

ありえない……と、呟きながら、明生は身体を起こし、軽く首をふった。

その途端、ぐらっと視界が回って、またベッドに倒れそうになる。

「——大丈夫ですか？」

その身体を力強く支えてくれる腕。

「……信矢」

ずっと側にいてくれたのか、それともたまたま様子を見に来てくれたのか……。

「おはようございます。……顔色が悪いですね。また余計なことを考えているんですか？」

信矢は明生の顔を覗《のぞ》き込んで、穏やかに微笑む。

「今日のドライブは延期にしましょう。すべて私に任せて、あなたはなにも考えず、大人しく眠っていてください」

――ね、あお。

耳元に吹き込まれる『魔法の呪文』。

その途端、明生の全身に悪寒《おかん》が走った。

昨日までは甘やかな響きを湛《たた》えていたというのに、今の明生にとってそれは『呪《のろ》いの言葉』でしかない。

「触るなっ!!」

おぞましい言葉を口にする男の腕を、明生は衝動的に払い除けた。

「明生さま？」

明生の突然の行動に、信矢は怪訝《けげん》そうな顔をする。

「どうなさったんです？　寝ぼけてらっしゃるんですか？　落ち着いて。もう一度横になってください」

ああ、と優しい声で囁きながら、信矢の手がまた近づいてくる。

「……おまえ、知ってたのか？」

明生は、思わず身を引きながら呟いた。

「なんのことです？」

「父さ……いや。あの男が、俺にかけた暗示のことだ」

明生の言葉を聞いた途端、信矢は顔を強《こわ》ばらせた。

その反応で充分。

もう、返事を聞くまでもない。

信矢は知っている。

知っていて、故意に、『魔法の呪文』を使っていたのだ。

「――このっ、裏切り者」

失望と怒りに震える声を絞り出すように、明生は小さく呻《うめ》いた。

「暗示が……解けたのですか？」

呆然としたように、信矢が呟く。

「やっぱり、そうだったんだ。おまえ、全部知ってて、俺を操ってたんだなっ！」

「待ってください！　明生さま、どうか話を聞いてください！」

肩に触れようとする信矢の手を払おうとしたが、逆に信矢から手首をつかまれる。

明生は、全身にざわっと鳥肌をたてた。

「俺に、触るな！」

力では敵《かな》わないと承知している。

だから明生は、信矢の手を振り払わず、ただ信矢を強く睨《にら》んだ。

「楽しかったか？」

「え？」

「暗示で縛られた、従順な俺を抱くのは楽しかったかと聞いてるんだ」

明生の言葉に、信矢は痛そうに顔を歪める。

「明生さま、私は決して――」

その言葉が、不意に途切れる。

信矢は、自分がつかんだ明生の腕に浮かぶ鳥肌に目を止め、そのまま凍《こお》りついていた。

見開かれた紅茶色の瞳には、絶望の色が浮かんでいく。

「離せ。――俺は、おまえに触れられることを望んでない」

明生が告げると、信矢の指は、ゆっくりと手首から離れていった。

「……では、なにをお望みですか？」

「おまえの顔なんか見たくない」

出て行け、と強い口調で命令すると、信矢は辛《つら》そうに眉をひそめ、静かに目を伏《ふ》せた。

「……失礼……します」

深く一礼して、信矢は部屋から出て行った。


(——許さない)

明生は、身じろぎもせず、閉じられたドアを睨みつけていた。

幼かった自分に暗示を施した光樹より、今は信矢のほうが憎い。

信矢は、『魔法の呪文』を利用していた。

その力を利用して、明生の意志を縛って操り、人形のように扱おうとしていた。

それが、なにより許せない。

(俺は、本気で愛していたのに……)

でも、信矢は違ったのだ。

信矢が求めたのは、自分の言うことを素直に聞く人形。

明生自身じゃない。

(……あんまりだ)

胸が、ひどく痛む。

あまりの辛さに視線を落とした明生は、毛布を握りしめている自分の手首に巻き付く黒い腕時計に目を止めた。

ずっと防犯用のツールが仕込まれていると信じ込まされていたが、実際はなんの役にも立たないただの腕時計だった。

屋敷以外の場所では決して外さないようにと、『魔法の言葉』と共に、しつこいぐらいに言われたのは、いったいなんの為《ため》だったのか……。

(暗示が効いてるかどうか、試すため？)

それとも、自分が信矢の所有物だと示すためのものだったのか。

信矢はペットに首輪をつける感覚で、自分の腕にこの時計を巻き付けたのかもしれない。

そう思った途端、明生の肌が再び嫌悪感に粟立《あわだ》つ。

「こんな……もの」

手首からむしり取ると、ベッドの隅に投げ捨てた。

大好きな恋人から贈られた腕時計は、ずっと明生の宝物だった。

だが今、明生にとってこの腕時計は信矢の嘘《うそ》の象徴だ。

それに、信矢がこれを巻き付けていたかった相手は、きっと自分じゃない。

暗示で縛られた、信矢だけの従順な人形、『あお』だ。

それを思うと、胸の痛みに焼けつくような熱が加わる。

（──なんで、こんなことになったんだ）

明生は記憶を辿《たど》る。

少なくとも、まだ恋人同士になる以前、身体だけの関係だった頃の信矢は、『魔法の呪文』を口にしてはいなかった。

（でも、あの頃は、俺が命令して抱かせてた）

──ご命令とあらば、いつでもお相手しますよ。

そう信矢に言われて、その言葉に甘えて明生自身が関係を望んだ。

命令でセックスの相手をさせるなんていくらなんでもあんまりだと、罪悪感に苛《さいな》まされ苦しみながらも、あの腕に抱かれる幸福感を何度でも味わいたくて、どうしても我慢ができなくて……。

（あ……れ……？　でも……）

そのさらに前、はじめて信矢に抱かれた夜。

あの夜、明生は意に反して飲まされたクスリのせいでトリップしていた。

幼児返りした明生は、信矢にべったりくっついて甘えて離れたがらなかった。

そのせいで、信矢に誘っているのかと勘違いされたほど……。

明生は戸惑ったが、信矢の勘違いを否定せず、そうだと頷《うなず》いた。

あの腕の中にいられるのなら、それでも良いかなと思って……。

(あのとき、俺、そういう意味で抱かれたいって……思って……なかった?)

ただ子供の頃のように、信矢にぺったりくっついていたかっただけじゃなかったか?

結果的に信矢とのセックスは良かったし、信矢の腕の中にいられることは幸せだった。

蕩《とろ》けるような肉体の快楽と、暗示による深い幸福感。

そのふたつがもたらす陶酔《とうすい》感に酔いしれていた自分は、それを恋ゆえの感覚だと錯覚しただけじゃないのか?

薬物依存者が麻薬に溺《おぼ》れてしまうように……。

(俺、信矢に恋してたわけじゃないのか?)

明生は、急に不安になった。

どんなに明生が望んでも、あの頃の信矢は『魔法の呪文』を唱えてはくれなかった。

『魔法の呪文』で『お兄ちゃん』になろうとはしてくれない信矢に、明生は焦《じ》れていた。

『お兄ちゃん』に愛して欲しくて、たまらなくて……。

(………愛?)

信矢に愛して欲しいと望んだあの気持ち。

あれが、もしも暗示ゆえのものだったとしたら?

(愛って、なんなんだ?)

不意に、わからなくなった。

そもそも、自分は、誰かに愛されていたことがあるんだろうか？

大好きだった父親は、暗示で明生を縛りつけた。

愛していると言ってくれた信矢も、暗示を利用して明生を操っていた。

暗示に縛られていた明生が愛することを許されたふたりは、両方とも明生を裏切っていたのだ。

（ふたりとも、俺を人形扱いしてた。……俺を愛してたわけじゃない）

彼らふたりが望んだのは、暗示に縛られた『あお』という名の従順な人形。

明生自身の心を望んだわけじゃない。

本当には愛されてなかったのだ。

もしかしたら自分は、愛というものの本質に、今まで一度も触れたことすらないのかもしれない。

そう気づいて、明生は愕然《がくぜん》とした。

愛を知らないのに、愛せるものだろうか？

自分の中にある、信矢への愛。

この感情は、本物だろうか？

従属の暗示が作り出した、依存心を愛と勘違いしているだけじゃないのか？

（……俺……）

自分自身の心さえわからなくなって、明生は呆然とした。

(だって、そんなこと……)

物心ついてすぐに、光樹に暗示をかけられた明生は、ずっとその影響を受けて育ってきた。

大好きだった父親と幸福に過ごした日々。

そして、愛していたはずの恋人と過ごしていた幸せな毎日。

その幸せのすべては、暗示ゆえに歪んでいた心が感じた幻だった。

自分は愛を知らないどころか、実は自分自身の人生ですら本当の意味では生きていなかったのかもしれない。

——この先も、ずっと信矢と共に生きること。

それだけが、明生の望みだった。

でも、信矢への愛を見失った今、なにを求めて生きていけば良いのかわからない。

いや、この先、どうやって生きていったら良いのかすらもわからない。

まるで、暗闇《くらやみ》の中、崖《がけ》っぷちにひとりで立たされているようだ。

風に背中を押されただけでも、このまま真っ逆さまに落ちてしまいそうで……。

(……こわい)

本能的な恐怖に、ガタガタと身体が震える。

もはや明生には、震える両腕で自分の身体を抱きしめることしかできなかった。

4

寝室に何度か信矢が訪れた。

が、その度に耳と目をふさぎ、出て行けと叫んで、顔も見ずに追い出した。

ドアの外から、食事をしてくださいと使用人達が何度か訴えたが、それも拒んだ。

（もう嫌だ。――こわい）

明生はずっと恐怖に支配されたまま、頭からすっぽり毛布を被《かぶ》ってベッドの隅で膝《ひざ》を抱えてじっとしている。

頭の中で木霊のように響いていた白衣の男の声は、もう聞こえない。

広い寝室は、怖いぐらいに、シンと静まりかえっている。

暗示が解けた今、心を縛る鎖《くさり》は消え、檻の扉は完全に開いている。

それでも明生はそこから動けないまま、恐怖に身体を震わせている。

（……目が回る）

暗示が解けたことによって、明生を取り巻く世界は、その姿を一変させた。

明生は、ずっと暗示に縛られていた。

暗示が完全に解りたことで、その心は、はじめて外界と向き合った。

同時に、暗示によって与えられた生きる目的を失い、途方にくれている。
生まれたばかりの自我は、まだ柔《やわ》らかで痛みに弱いのだ。
愛してくれていると信じていた存在の裏切り。
その痛みだけで、心が眩《くら》む。
もう痛いのも怖いのも嫌だと、怯《おび》えて縮こまってしまう。
(……こわい)
助けを求められる存在は、もはやどこにもいない。
自分は世界にひとりきり。
身じろぎするのさえ怖い。
(もう、いやだ)
誰の顔も見たくない。
もう、なにも知りたくない。
考えることすら放棄《ほうき》して、明生はただ怯えていた。

そんな風にして、何日かすぎた頃、寝室のドアを意外な人物が開けた。
「明生さま、ベッドから出てください」

コツン、と杖《つえ》をつきながら歩いてくる初老の男。

小野瀬翁の遠縁、そして懐《ふところ》刀《がたな》、信矢の義理の父親でもある高見《たかみ》繁《しげる》だった。

信矢に呼ばれて来たのかと思った明生は拒んだが、高見は違うと言った。

「私は明生さまをお迎えに来たのです。本邸に帰りましょう。翁がお待ちですよ」

「……じいさん？」

そういえば、そういう人も自分にはいたのだ。

ぼんやりと明生は意識を外に向けた。

「はい。明生さまのことを、大変心配しておいでです」

（心配？）

本当だろうか？

幼い頃から、不必要な贅沢品《ぜいたくひん》を一方的に送りつけてきた祖父。

明生の好みにまったく頓着《とんちゃく》しない祖父もまた、あのふたりと同様、明生自身を見ようとはしてくれない。

それでも明生は、すっかり弱っていた身体を動かして身支度をした。

外の世界はやっぱり怖かったが、少なくとも、向こうに行けば信矢ともう会わずに済む。

ただ、それだけの理由で身体を動かす。

外すなと言われていた黒革の腕時計をベッドに置き去りにしたまま、明生は部屋を出た。

「明生さまは、翁のこれまでの人生がどのようなものであったか、ご存じですか？」

乗せられた車の中、共に後部座席に座った高見が明生に話しかけてきた。

「一介の薬屋の若造が、その才覚でのし上がり、一代でグループを築き上げた」

周囲の者達に、幼い頃から何度も聞かされてきた話を簡潔になぞる。

「翁のご兄弟のお話は？」

「知らない。興味ない」

（……違うか。興味を持てなかっただけだ）

だが、暗示が解けた今でも聞きたいとは思わない。

なにもかもがどうでも良いし、これ以上、なにも知りたくない。

シートにもたれ、明生は目を閉じた。

「三人兄弟だったのですよ」

明生の無言の拒絶に気づいているだろうに、高見はそれでも話を止めなかった。

「翁がご長男で、すぐ下に弟、そして歳の離れた身体の弱い妹がおられた。お母上というのがやはり身体が弱かったようで、母親の体質をそのまま受け継いだ妹を、翁は溺愛《できあい》していたようです」

戦争で父親が死に、一家の大黒柱となった小野瀬翁は、病弱な妹に少しでも良い生活をと、それこそ寝食を惜しむ勢いで懸命に働いた。

一介の薬屋のままでいては、これ以上の成功は望めないと考え、新たな分野に手を伸ばし、懸命に事業を広げていく。

だが、妹は儚《はかな》く逝《い》った。

新規事業に心を向けるあまり、ほとんど家に帰れなかった小野瀬翁は、妹が体調を崩していることにすら気づいてはいなかった。

「忙しさのあまり、葬儀《そうぎ》にさえ出られなかったとか……。──本末転倒だと、翁は自嘲《じちょう》しておいでてしたが……」

悲しみを忘れるために、なおいっそう仕事に打ち込み懸命に働く。

小野瀬グループの基盤を作りあげ、やっと一息つくかと思われたとき、今度は弟が死んだ。

「表向きは不慮《ふりょ》の事故ということにしてありますが、実際は自殺でした」

弟は控えめな質《たち》で、ずっと兄のサポートに徹し、事業を拡大するために兄が闇の事業に手を染めはじめたときも側にいた。

「大人しかった弟がそのときはじめて、それだけは駄目だと反対したと、そう言っておられました」

小野瀬翁はその反対を押し切って、闇の事業に着手し、その結果、成功を収めた。

立場上それに協力せざるを得なかった弟は、兄が手を染めた悪事に自らも関わり続けることに、徐々に耐えきれなくなっていたのだ。

「だからこそ、翁は、あの双子に特殊な教育を施したのですよ」

それまで高見の話をぼんやりと聞き流していた明生は、それを聞いて目を開けた。

「……薄汚い仕事も、平気でできるようになるために？」

「そういうことになりますね。——あのおふたりは、翁が歳を取ってからのお子様でした。奥様もかなりの高齢で、運悪く出産で命を落とされまして……」

残されたふたりの子供。

そして小野瀬翁は、この子達が弟と同じ轍《てつ》を踏むことがないようにと願い、特殊な教育を施した。

「その結果がこの体たらくかよ」

自虐《じぎゃく》気味に、明生は鼻で笑った。

双子の兄のほうは自らの楽しみのために命をもてあそび、弟は兄の存在を妬《ねた》んで殺した。

罪を犯した弟は生きてはいるが、小野瀬家から放逐されたまま。

けっきょく小野瀬翁は、子供をすべて失ったのだ。

「翁は、事業面に関しては運に恵まれたお方だが、その反面、家族運には恵まれておられない。——今度のことも、良かれと思ってしたことがすべて裏目に出てしまわれた。たいそう気落ちしておられますよ」

「……今度のこと？」

それは、自分に関することだろうか？

問いただそうとしたが、ちょうど車が目的地である小野瀬の本邸に着いてしまった。

「続きは、翁に直接お尋ねください」

高見に促され、明生は仕方なく車から降りた。

ボディガードに先導されるまま、小野瀬翁の趣味で作られた無駄に広く豪華な本邸に足を踏み入れる。

玄関ホールに、見覚えのある顔が待っていた。

「ひどいツラ……。唯一の取り柄《とりえ》だったのに」

明生の顔を見た猛が、微苦笑を浮かべた。

「……あ――」

猛の顔を見た途端、考えることを放棄していた諸々のことが、不意に甦《よみがえ》ってくる。

「どうした？」

「俺、おまえと会ったこと、信矢に話したんだった。――大丈夫だったか？」

「当然。おまえが口を割るのは想定済みだったからな。ヤコも親父達も、とりあえず別の場所に避難させてる」

「そっか。……迷惑かけて悪かったな」

「別に……。おまえはまだ、なにも悪いことなんかしてないだろう？」

人形だったんだから……と呟きながら、猛が視線をそらす。

（そうか。猛は知ってたんだ）

知っていたからこそ、推測しろ、逃げるな、自分で気づけと背中を押してくれた。

「なにぼけっとつったってんだ？　早く来い」

猛は、明生に背中を向けてスタスタと歩き出す。

「ひとんちだってのに、偉そうに……。――って、どこ行くんだよ。爺さんの応接室は向こうだぞ」

「そっちに、小野瀬翁はいない」

振り向きもせず、階段を上がっていく。

明生は慌てて、その後を追った。

行きついた先は、小野瀬翁の私室。

ノックもせずにドアを開けた猛に促され、明生が室内に入ると、看護師が数人と医者らしき白衣の男がいた。

「小野瀬翁は寝室にいる」

猛が寝室のドアを指さした。

「明生、ここからは自分の責任だ。逃げずにちゃんと考えろ。……後悔しないようにな」

大袈裟《おおげさ》だな、と茶化《ちゃか》すことを許さない厳しい表情だった。

明生は無言のまま、寝室のドアに向かった。

ドアを開け、明かりが絞られた無駄に広い寝室にひとりで入る。

(——ああ、やっぱり)

看護師達の姿を見た時点で、予想はできていた。

点滴に繋がれ、豪奢《ごうしゃ》な寝台に眠る小野瀬翁の姿を見て、明生は思わず眉をひそめた。

歩み寄って、酸素マスクをつけた顔を覗き込む。

明生が物心ついたときにはすでに、小野瀬翁は老人だった。

だが、その肌色は老人とは思えぬほどに血色が良く、呆《あき》れるほどの健啖家《けんたんか》で、常に気力に満ちあふれていた。

弱った姿など一度も見たことはなかったのに……。

(これは、昨日今日の話じゃない)

土気色の肌、目は落ちくぼみ、やせ細ったその姿。

点滴に繋がれた腕の細さが痛々しい。

(なんで……)

祖父と最後に会ったのは正月。

その後は、電話で話すばかりで、直接顔を合わせることはなかった。

いつも桜の時期になると、花見をしようと無駄に豪華な宴《うたげ》を開くのに、今年はその誘いがなかった。

誕生日にもプレゼントが届いただけで、食事に誘われることもなかった。

（……なんで、気づかなかったんだろう）

いつもの年とは違っていたことに……。

いや、気づいてはいたような気がする。

ただ、なにもかも信矢中心に考えていたせいで、変だとは思えなかった。

信矢とふたりでいられることばかり望んでいたから、祖父からの余計な誘いがないことに安堵《あんど》すらしていた。

「……なんで、誰も教えてくれなかったんだ」

教えてもらっていたら、きっと見舞いぐらいには来れたのに……。

明生が思わず呟くと、小野瀬翁は細く目を開けた。

「おお、明生。……来たか」

嬉《うれ》しそうな顔をして、マスクを自ら外す。

「外して大丈夫？」

「ああ。医者が大袈裟でな」

大丈夫だよと小野瀬翁は頷いたが、明生にはそうは見えなかった。

たぶん、もう起き上がることすらできないのだろう。

ベッドに横たわる身体から、死の気配をうっすらと感じる。

「具合が悪かったこと、教えてくれれば良かったのに……」

「おお、びっくりさせたか。悪かったな。——わしが病床にあると知ったら、暴走する者がおると思ってな、秘密にしておったんだよ」

「……それ、信矢のこと？」

明生が問うと、小野瀬翁は「そうだ」と頷いた。

「今度は間違わないように、大事に大事に育てたのに……。わしはまた間違えた。……おまえだけの守護者を与えたつもりだったのにな」

こんなことになるとは……、と辛そうにかすれた声で言う。

「あの子供なら、きっと大丈夫だろうと思ったのだが」

子供の頃の信矢は、そう思わせる目をしていたと、小野瀬翁は呟く。

他の使用人達には執着しなかった明生が、信矢にだけは良く懐いていた。

ふたりで手を繋いで歩く姿を見ると、まるで兄弟のようで微笑ましくもあった。

だから、信じた。

最後の身内を失い天涯《てんがい》孤独《こどく》となった信矢にとって、無邪気に懐いてくる明生の存在はかけがえのないものだろう。

　決して裏切りはしないだろうと……。

「間違いだった。——いや、間違えたのは、もっと前か……。わしは息子にも裏切られておったのだからな」

「父さんのこと、いつ知ったの？」

「年が明けてすぐだった。年始の挨拶《あいさつ》にきた沢井《さわい》の息子に、将来にわたって明生に仕える気はあるかと声をかけたら、条件があると言われてな」

　光樹が秘密裏に行っていた人体実験の資料が欲しいと、猛は言ったのだという。

　自分ひとりの力ではどうにもならないから、小野瀬翁の力でなんとか調べて欲しいと……。

　そんな実験が行われているとは知らなかった小野瀬翁は、なにかの間違いだろうと思いながらも調査を進め、そして真実に行き当たってしまった。

「幼かったおまえに、光樹が暗示をかけたこともそこで知った。……おまえに施術を施した研究者も捜し出したよ」

　光樹が死亡した直後、その研究者は保身のため、家族を連れて行方を眩ませていた。

　見つけ出した研究者に暗示を解くようにと迫ったが、無理だと、下手をすると明生の心を壊しかねないと言われた。

　それをするには、明生は育ちすぎていたし、それに……。

「わしのせいだ。おまえは覚えていないだろうが、わしもおまえに催眠療法を施したことがあってな。それとは知らずに、元から歪んでいた心を、また無理矢理に歪めてしまった」

「それ、信矢がいなくなった直後？　記憶が少し抜けてるんだけど」

「そうだ」

信矢が戻ってこないと悟った直後から、幼い明生は抜け殻のようになってしまった。しゃべりもせず食事もせず、しばらくすると自傷行為まではじめた。

弱っていく孫を見ていられなかった小野瀬翁は、催眠療法という手段に出た。

「後悔しとるよ。あのときに、気づいてさえいればと……」

研究者は、その話を聞いて、明生の依存の対象が光樹から信矢へ移動していることを指摘し、暗示の解除は危険だと結論づけたのだという。

今の明生の状態は、自分が意図した状態からずれすぎていて、危険で手が出せない。

明生が自力で暗示から抜け出すのが、一番リスクの少ない方法だと……。

「信矢にすべて打ち明けて相談しようとも思ったのだが……。だが、どうにも雲行きが怪しくてな」

負の財産の解体に本格的に乗りだしてから、信矢の様子は少しずつ変わっていった。

自らの特殊な立場を利用し、小野瀬グループ内への影響力を強め、権力を求めるようになっていったと……。

「それも、わしに隠れてな。――わしはな、この先一生明生に仕えるなら、小野瀬グループの半分をくれてやると、あいつに約束していた。だがどうやら、それでは不足だったらしい。おまえがいずれ受け継ぐはずのものにまで、手を伸ばしおって……」

(……ちがう)

憎々しげに話す祖父を見つめながら、明生は心の中で呟いていた。

(信矢はたぶん、俺を閉じこめておきたかっただけだ)

――このまま、この部屋に閉じこめて、私だけのものにできたら、どんなに幸せか……。

ふたりきりでいるとき、信矢は何度もそう言った。

『あお』と、魔法の呪文を唱えながら……。

だから、あれは信矢の本心。

小野瀬グループの跡継ぎという立場から明生を解放して、完全に自分だけのものとしようとしていた。小野瀬翁に逆らうという危険まで犯して……。

「不審に思って手の者に調べさせたが、信矢は催眠暗示に関することを個人的に調べていた。負の財産の解体作業に関わっている間に資料を見つけたか、それとも自力で気づいたのか……。――明生、あいつは暗示の力を利用して、おまえを操っていたんだな？」

明生が無言で頷くと、小野瀬翁は怒りの表情を浮かべた。

「……おのれ。恩を仇《あだ》で返しおって」

声を絞り出した直後、不意に激しく咳《せ》き込む。

「ちょ……爺《じい》さん、大丈夫？」

やせ細った身体で咳き込む姿は酷《ひど》く苦しそうで、明生は狼狽《うろた》えた。

「待って、医者呼んでくる」

「いや、……いい」

人を呼びに行こうとした明生の手を、小野瀬翁はつかんだ。

そのやせ細った指を見て、明生は胸が痛くなった。

「少し、休んだほうがいいんじゃない？」

心配する明生に、小野瀬翁は小さく首を横に振った。

「いや、悠長《ゆうちょう》なことは言ってられん。いつ意識がなくなるか、わからんからな」

そんなことないとは、言えなかった。

それほどに、明生の手をつかむ小野瀬翁の手の力は弱い。

「意識があるうちに、どうしてもおまえに聞いておかなくてはならんことがある」

「なに？」

「自由になりたいか」

「どういうこと？」

「信矢から、自由になりたいかと聞いている」

「ああ、そういうこと……。俺、もう自由だよ。暗示は解けたんだ」

「それはわかっておる。沢井の息子からの報告と、別邸の使用人達からの報告で、たぶんそうだろうと推測できていたからな」

そういう次元の話ではないのだと、小野瀬翁は言った。

信矢はすでに、小野瀬グループ内での揺るぎない権力を手に入れている。

もはや、小野瀬翁ですら手を出すのをためらうほどに……。

「わしが死んだら、あれは間違いなく本性を現すだろう。暗示から解放されたおまえを自由に操ることができなくなった今、おまえが受け継ぐべき権力を手に入れるためにどんな手段に出るか……」

考えたくもないと、小野瀬翁は吐く息で言葉を絞り出す。

「ひと思いに処分することも考えた。が、それをしては、あれが握っている権力を巡って争いが起きるのは必至。わし亡き後、グループは内部から崩壊することになりかねん。そうなっては、国内の経済にどれほどの影響があるか……。それだけは避けねばならん。――だが、わしはおまえを救いたい」

明生の手を握り続けていた小野瀬翁の手に力が入る。

「明生、おまえ、小野瀬グループが欲しいか？」

「いらない」

明生は迷わず首を横に振った。

たったひとりの跡継ぎだからと、その立場を許容していただけで権力の座を自ら望んでいたわけじゃない。

暗示によって縛られていたせいで、人並みに欲が育たなかっただけかもしれないが……。

「そうか。じゃあ、爺ちゃんが逃がしてやろうな。――高見に命じて、おまえ用に別の戸籍を用意してある。それを使って、別の人生を新しくはじめなさい」

「別の人生？」

「そうだ。小野瀬の家を捨てると宣言したところで、信矢をはじめ、周囲の者達がそれを許すまい。権力闘争に利用されるのがオチだ。だから、おまえを逃がしてやる。なんの重荷もない、まっさらな人生へ」

「……ここから、逃げる」

言われたことが、すぐには理解できなかった。

（――別人になるってことか……）

一瞬、そんなことが可能なのかと不安が胸をよぎる。

だが、小野瀬翁がすることだ。

明生が一生困らないよう、なにもかもすべてお膳立《ぜんだ》てが整っているに違いない。

（でも、そんなことしたら、信矢は？）

ここで自分が逃げたら、信矢はどうなるだろう。

その真意がどこにあるとしても、信矢は明生に執着していた。

その執着ゆえに明生を手に入れようと、小野瀬翁にまで逆らって……。

(それに、ずっと側にいてって頼んだのは俺だ)

それが暗示ゆえのことだったとしても、信矢を『お兄ちゃん』と呼び、ずっと側にいてと甘えて頼んだのは明生自身。

幼かった信矢は、その言葉に頷いてくれた。

そして、明生の側に居続けるために、小野瀬グループにその人生を委《ゆだ》ねて……。

(――逃げられない)

いや、逃げたくなかった。

ここに、踏みとどまりたい。

踏みとどまって、信矢の側にいてやりたかった。

そのためになら、自分の人生を犠牲にしてもかまわない。

だが、そんな自分の気持ちが、どこから生まれてくるのか、それが見えない。

『魔法の呪文』を使って自分を縛ろうとしていた信矢を、いま確かに憎いと思っている。

それなのに、信矢から完全に離れることに抵抗を感じてしまう。

(これも、暗示のせいなのか？)

解けたと思っていたけれど、まだ影響が残っているのだろうか？

だとしたら、今のこの衝動に従うのは間違いだ。

でも、やっぱり逃げたくなくて……。

酷く混乱した明生は、くしゃっと顔を歪め、言葉もなく立ちすくむ。

「……すまん。最後の最後におまえに与えてやれるのが、こんなものしかないなんて……」

そんな明生を見上げて、小野瀬翁は悲しげに唇をわななかせた。

「爺ちゃんが、全部悪かった。おまえにはなんの悲しみもなく、幸せに生きていける人生だけを与えてやろうと……そのために、あれを教育したのにな。まさか、そのせいでこんなことになるとは……。わしは、どこで間違ったんだろうな。——いつだって、おまえ達の幸せを……それだけを一番に願っていたのに……」

すまん、すまんな、と、何度も繰り返す細い声は微《かす》かに揺らいでいた。

「……爺さん」

小野瀬翁の目に、光るものを見つけて、明生は胸を打たれた。

(ああ、そうか……)

祖父はいつも、明生の趣味じゃない無駄に豪華なものを強制的に送りつけてきた。

こんなのいらない、勝手に送って寄こすなと怒鳴《どな》っても聞いちゃいない。

しつこく旅行に誘われて、ウザいと邪険にしても、まったく懲《こ》りない。

なにをしても怒らず、顔を見ればニコニコして、可愛い可愛いと馬鹿《ばか》のひとつ覚えのように繰り返すだけ。

一方的に押しつけられる、身勝手で、そして一途な想い。

（……俺、ちゃんと愛されてた）

ずっと暗示の影響下にあった明生は、『魔法の呪文』を持たない祖父の愛情をまったく必要としてはいなかったし、自分から愛情を向けることもなかった。

『信矢お兄ちゃん』と強制的に引き離されてからは、むしろ敵だとさえ感じていた。

明生が冷たい目で見ていることに気づいていたはずなのに、小野瀬翁は一方的な愛情を注ぐことを止めなかった。

なんの見返りも求めず、ただひたすらに愛してくれていた。

あまりにも不器用すぎる愛し方ではあるけれど……。

「——爺さん、最後だなんて言うなよ」

（もう……怖くない）

暗示が解けたことで、むき出しになって怯えていた心を、暖かなものが包み込もうとしているのを感じる。

たぶん、これが愛情。

注がれ続けてきた祖父からの愛情の記憶を認識し直すことで、明生は愛されるということを、実感として理解した。

だから、もう怖くない。

「まだ逝くなよ。……俺、ここにいるからさ」

「逃げなくても良いのか？」

「うん。いま逃げても、きっと後悔するから」

すぐ側にあった祖父の愛情を今まで実感できなかったように、まだ見えていないもの、感じ取れていないものがあるのかもしれない。

怖がってばかりいないで、ちゃんと自分の目で世界を見なければ。

混乱し、迷うこの心の行き先を自分で見つけるためにも……。

「だから、爺さんも、もうひとがんばりしてよ」

戸惑っている祖父に、明生は励ますように微笑みかける。

「元気になって、もっと一緒に遊ぼう」

「……そうか」

頷く祖父の手を、明生はそうっと握り返した。


その後、小野瀬翁は再び咳き込んだ。

今度はすぐには収まらなくて、医者を呼び、処置を施してもらう。

小野瀬翁が眠ったのを確認して、やっと寝室を出ると、そこには猛と高見が待っていた。

「ちゃんと考えたか？」

猛に聞かれて、明生は頷いた。

「ここに残る」

明生の答えに、猛は露骨《ろこつ》にホッとした顔をした。

もしも明生が別の人生を望むなら、おまえも一緒に行ってやってくれと小野瀬翁から頼まれていたのだそうだ。

どこまで過保護なんだと祖父の孫馬鹿ぶりに呆れたが、条件をつけながらも猛が頷いていたのにも呆れた。

「……おまえって、けっこうお人よしだよな」

「うるっせぇよ。報酬《ほうしゅう》が破格だったからOKしただけだ」

猛はぶっきらぼうな調子で言ったが、

「私が側で見ていた限りでは、それだけではないようですが……。ずっと見張っていたせいで情が移ったと、翁にも話していましたしね」

高見にからかわれて、気まずそうに目をそらした。

その後、ふたりからいろんな話を聞いた。

猛が小野瀬翁に、光樹の悪事をぶちまけた経緯。

そしてその後の調査の内容。

事実が明らかになるにつれ、小野瀬翁の健康に徐々に陰《かげ》りが見えはじめたこと……。

「爺さん、いつから寝込んでたんだ？」

「完全に寝込まれたのは、ひと月ほど前からです」

気力と身体が弱っていたところに、風邪をこじらせた。

現在は点滴でもっている状態で、かなり危険だと……。

「間に合って良かったな」

表情を曇《くも》らせた明生に、猛が言った。

研究者の見立てでは、明生が自力で暗示から解放される可能性は少なかった。

公私ともに信矢に依存している明生は、今の生活に満足しきっていたからだ。

だが無理に信矢から引き離すのも、強制的に暗示を解除するのも危険すぎる。

そのせいもあって、小野瀬翁は自分の死後を想定して、すべての計画を進めていた。

いつか明生の目が醒《さ》め、信矢から逃げたいと願ったとき、速やかに救いの手を伸ばせるように と……。

その準備が完全に整うまでは、小野瀬翁の病状は伏せておく予定だったのだという。

小野瀬翁が死の床についていることを信矢が知ったら、一気に小野瀬グループの中枢に乗り込んで来て、そのせいで準備が頓挫《とんざ》する危険があったからだ。

「——明生さま、今後、どうなさるおつもりですか？」

高見が言った。

「なにを？」

「信矢の件です。このまま放置するか、それとも排除を試みるか……」

「……それを俺に聞くのは間違ってないか？」

小野瀬グループ内の勢力のことなど、今の明生はなにひとつ知らない。なにができるのかも、どこまでできるのかも、なにもわからない。

「爺さんに聞けよ」

「明生さまがここに留まる道を選択した場合、信矢の処分は明生さまに任せると小野瀬翁はおっしゃっております」

「そう……。高見、おまえなら、どうする？」

逆に聞き返してみたが、高見は首を振って返答を拒絶した。

「また傀儡《くぐつ》に戻りたいのですか？」

ご自分の意志をしっかりもちなさい、と厳しい声で高見が言う。

「明生さまの望みを、すべて叶《かな》えてさしあげるとは申しません。私どもでは力の及ばないこともあるでしょう。安全を優先して反対するかもしれない。そこは、きちんと話し合いましよう。――その前にまず、あなたの意志を明確にしてください」

「そんなこと言われても……」

ここに留まることは決めたが、それ以外のことはまだなにも考えていない。

自分自身の心の動きすらきちんと把握できない状態で、この先のことを考える余裕はまったくないのだ。

明生が困っていると、「高見さん、まだ無理ですよ」と、猛が助け船を出した。

「明生のことは、知識だけあって思考がそれに追いついてない、でっかい赤ん坊だと思ったほうが良いです。無理に追い詰めると、怯えて自分の殻に閉じこもってしまいますよ」

ヤコもそうだったし……、と猛が独り言のように苦く呟く。

「こいつには、考える時間が必要です」

「……そうですか……。残された時間のことを思って、つい焦《あせ》ってしまいました」

申しわけありません、と高見が謝る。

(爺さんが生きているうちに手を打ったほうがいいってことか……)

高見の焦る気持ちは理解できる。

「……いや。俺のほうこそ、役に立てなくて悪い。まだ混乱してて……」

もう少し考える時間をくれと、明生は呟いた。

その日から、明生はずっと小野瀬翁の側にいた。

看病は看護師達にすべて任せ、ただベッドの脇《わき》に座って手を握っている。

だが、その程度のことが、病人にかなりの好影響を与えていると医者に指摘されて、祖父の孫馬鹿っぷりに恐れ入った。

そして、眠る小野瀬翁の顔を眺めながら、昔の記憶をゆっくりと辿《たど》る。

暗示にかけられていた間の記憶。

自分がどんな風にものを考え、どう行動していたか。

そこに、暗示の影響が、どれほどあったのか……。

ひとつひとつ思い出しながら、かつての感情と今の感情とを照らし合わせていく。

認めたくない事実に、何度も行き当たった。

何度も思考を中断させ、挫《くじ》けそうにもなったが、明生はその度に気力を奮い起こして記憶のすりあわせを続けた。

暗示をかけた研究者の診察を受けたほうが良いと高見には進められたが、それは断った。

今はまだ、頭の中に響いていたあの声を聞くのが怖い。

暗示に心を支配されていた頃、信矢の腕の中にいると明生は無条件で幸せだった。

なんの不安も心配もなく、愛されていると確信できる幸福な場所。

暗示がもたらしていたあの幸福感は、まるで麻薬だ。

あの声が引き金になって、あの場所に戻りたいと思ってしまいそうで怖い。

(……信矢お兄ちゃんは、優しかった)

光に透ける紅茶色の髪と瞳を持つ、心も体も健やかな優しい少年。

幼い我が儘を許容する鷹揚《おうよう》さと、曲がったことを許さない強さを持っていた。

あの明るい少年の未来から光を奪うきっかけを作ったのは、幼い日の明生の我が儘と小野瀬家に連なる者達、すべての歪み。

(俺と爺さんだけじゃない。父さん達だって……)

暗示ゆえとはいえ、幼い我が儘で信矢を縛ったのは明生自身。

その明生の望みを叶えるために、子供だった信矢に小野瀬グループ内の闇で生きる道を選択させたのは小野瀬翁。

そして、信矢の最後の血縁者であった真中は、明生のふたりの父親達、光樹と大樹の間に淀《よど》む確執の犠牲者だった。

光樹と共に死ぬことを望んだにもかかわらずひとり生き残った彼は、その人生を終わらせるための手助けを幼い甥《おい》にさせた。

叔父の死の原因を作ってしまったことで、子供だった信矢の心が傷ついたのは確かだ。

(俺達が、信矢の人生を歪めた)

暗示という手段で、自分を縛ろうとした信矢のことは今でも憎い。

でも、小野瀬家に関わっていなければ、信矢は暗示などという卑劣《ひれつ》な手段を使うような人間にはならなかった。

少なくとも、はじめて出会った日のあの少年には、そんな陰りはなかったのだから……。

(……責任か)

あの後も何度か、小野瀬翁と話をした。

小野瀬グループの今後の存続を考え、信矢を切り捨てる決断ができなかったことを、小野瀬翁は改めて明生に詫《わ》びた。小野瀬グループという巨大組織を作りあげた人間として、自分にはその行く末にやはり責任があるのだと……。

(俺にもあるのかな)

小野瀬家の人間達が作り出した歪みに対する、跡継ぎとしての責任が……。

おまえは悪くないと猛は言ってくれたが、でも、完全に被害者面することは明生にはもうできない。

祖父が自分に向ける愛情、そして自分が祖父に感じる愛情を自覚してしまったからだ。

祖父の愛情がなければ、今も明生は混乱したままだっただろう。

用意された逃げ道に飛びつき、一生目と耳をふさいで自分自身からも逃げ続けることになったかもしれない。

祖父が与えた特殊な教育が、ふたりの父親達の歪みを作り出し、そのことに責任を感じた祖父は心を痛め、そしていま病床に伏している。

明生が被害者面するということは、罪の意識を抱く祖父を断罪することにも繋がる。

弱っている祖父を責めるような真似は、今の明生にはできない。

(情が移った、か……)

猛は、ずっと見張っていたせいで明生に情が移ったと言ったらしいが、実際、便利な言葉だと思う。

(この気持ちは、なんなんだろうな)

信矢のことは今でも憎い。

だが同時に、もう一度彼の側に戻りたいと思う気持ちもある。

(ずっと一緒にいたから……?)

だから、情が移ったのだろうか。

家族に向ける愛情や、友達に感じる友情、そして恋人に向ける恋情。

この情は、いったいどの種類に属するものなのか……。

ずっと他人に委ねていた自分の心を、明生は本当の意味でゆっくりと取り戻そうとしている。

5

「ね、信矢。僕のおねがいきいて」

ニコッと笑って、幼い明生が小首を傾げた。

まろやかなラインの白い頬《ほお》の上で、さらさらの黒髪が躍る。

「なんですか、明生さま？」

その愛くるしい笑みに釣られて、信矢も微笑む。

「あのね。僕のこと、パパみたいに『あお』って呼んで欲しいの」

「えっと……それは、ちょっと……」

駄目だ、と信矢は思った。

――ここに住むからには、子供とはいえ小野瀬家の使用人だ。明生さまに対しても、年下だからといって決して気安い口をきいてはいけない。

この屋敷に住むことが決まったとき、叔父である真中にそう言い渡されていたからだ。

困惑した信矢が駄目ですと拒んでも、明生は諦《あきら》めなかった。

「呼んでよ。ねえ、『あお』って呼んで！」

腕にぎゅうっとしがみついて、おねがい、と、見上げた目をうるうるさせる。

（この子、どうすれば自分が可愛く見えるか知ってるんじゃないか？）

もしくは、他人が向ける好意に敏感なのかもしれない。

「……まったく、もう」

はじめて会った日に、はにかんだ笑みを向けられたときから、信矢はこの小さな黒髪の子供が可愛くて仕方なかったのだ。

この子に泣かれるぐらいなら、叔父に怒られたほうがましだ。

「わかりました。――でも、ふたりきりのときだけですよ」

他の人には内緒にしてくださいね、とお願いすると、うん、とにっこりと嬉しそうに笑う。

だが、ふたりだけの秘密のはずが、数日後にはみんなにばれていた。

よっぽど嬉しかったのか、明生が自分で吹聴《ふいちょう》しまくっていたのだ。

叔父にはこっぴどく叱《しか》られたが、明生の父親が面白がってくれたお陰で、その後は『あお』とおおっぴらに呼ぶことが許された。

そして気がつくと、信矢自身の呼び名も、『信矢』から『お兄ちゃん』へと昇格していた。

「ずっと、あおの側にいてね。信矢お兄ちゃん」

明生が小首を傾げて、愛くるしい笑みを浮かべる。

「はい」

信矢は迷わず頷く。

嬉しそうに笑った明生は、その小さな手で信矢の手をきゅっと握った。

幼い子供の精一杯の力で、この手を握られる。

あの瞬間の幸福感を、信矢は今でも覚えている。

(柔らかかった)

仕事帰りの車の中、信矢は手の平に視線を落とし、懐かしい感触を思い出す。

小学生になってすぐ、両親の突然の事故死。そして、たまにしか会えなかった叔父に引き取られて、使用人達が沢山いるような大きな屋敷での新しい生活がはじまることになった。

そんな中で出会った、小さな男の子。

この世の不幸をなにひとつ知らないような、その無垢《むく》で愛らしい笑顔。

その笑みにつられて微笑んでいる自分に気づいて、涙が出そうになったこともある。

両親の死後、激変していく環境についていくので精一杯で、悲しみも喜びもすっかり麻痺《まひ》しかかっていたから……。

信矢にとって、明生の無邪気な笑顔は救いで、一途に慕われることが誇らしかった。

自分が失ってしまった子供らしい無邪気さを持つ彼を、ずっと守ってあげられればと祈るように願った。

叔父が死んだ夜、その死の直接の原因を自分が作ってしまったと自覚したときの、心が砕けてしまいそうなあの絶望感。

その事実を誰にも言えず、取り返しのつかないことをしてしまったと後悔に苦しみながら信矢は屋敷に戻った。

救いを求めて明生の元に行くと、明生もまた絶望の淵《ふち》にいた。

こんなのイヤだと、あの小さな手ですがりつかれることで、信矢は自分を取り戻したのだ。

後悔に苦しんでいる暇はない。

怯えきっているこの子を自分が守る。

そう思うことで、砕けかけていた心をなんとか繋ぎ止めた。

あの夜から、明生を守ることが信矢の生きる目的となった。

小野瀬翁の命令で明生と離れていた三年の間、寝食を惜しんでただひたすらに与えられたカリキュラムをこなし続けることができたのもそのためだ。

すべては、明生の側に戻るため。

あの子の側で、あの子の微笑みを守り続けるためだったはずなのに……。

(……俺が、傷つけた)

——このっ、裏切り者。

怒りを込めた震える明生の声が耳から離れない。

彼は肌を粟立たせ、信矢を全身で拒絶していた。

あの瞬間、信矢は気づいたのだ。

自分が間違っていたことに……。

(もう、取り返しがつかない)

暗示のキーワードである、『あお』という呼び名で呼んで欲しいと願ったのは明生自身。

自分を慕い、信頼しているからこそ、そのキーワードを与えられたのだと信矢は思った。

『あお』と呼ぶ度、明生は子供の頃と同じ、無邪気な微笑みを見せてくれる。

その微笑みに目が眩んで、信矢は勘違いしてしまったのだ。

明生のすべてが自分のものになったのだと……。

だが、違う。

明生が手渡したのは、信頼だけ。

支配することを許してはいなかった。

暗示の存在を知ったあのとき、口を噤《つぐ》むべきじゃなかった。

本当に明生のためを思うならば、小野瀬翁にすべてを打ち明けて、明生を暗示から解放する術《すべ》を捜すべきだった。

どんなに無邪気に微笑んで見えても、それは明生の本当の笑みじゃない。

暗示によって強制された、まやかしの笑み。

あどけない微笑みや、舌っ足らずな甘える声。

それらが本来の明生のものではないことに、信矢も気づいてはいた。

一度手に入れたあの微笑みを失うことは、どうしてもできなかった。

だからこそ、明生が外の世界に少しずつ目を向けはじめたとき、無性に不安になった。

今まで無関心だった外の世界に明生が興味を向けるようになったのは、信矢との関係が安定したことで、その心にゆとりができた結果だとわかっている。

わかっていても、許せなかった。

自分だけを見て、自分だけに微笑んでいて欲しい。

信矢は、明生のために自分の人生をすべてをかけた。

だから明生にも、そうして欲しいと願ってしまった。

明生のために生きる、その道を選んだのは自分自身だったのに、明生には選ぶことを強要しようとしていた。

そして信矢は、明生を完全に自分だけのものにすると決意した。

明生を取り巻く環境、小野瀬グループのすべてを手に入れればそれは叶う。

その力を、すでに信矢は手に入れていた。

与えたのは、小野瀬翁だ。

明生と引き離されていた三年の間に得た知識と、負の財産の解体を行うための力、そして密かに調べていた小野瀬グループ内の隠れた造反者——放逐された小野瀬翁の次男——大樹を密かに支援する者達のリストが……。

（……愚かだった）

最初は困難だろうと思われたその作業は、拍子抜けするほど簡単だった。

負の財産を解体するために小野瀬翁から与えられた力は、それほど強大なものだったのだ。

後ろ暗いところのある造反者達は、その力の前にあっさりひれ伏したし、現状に不満を持つ者達は、強大な力を持つ者の甘言《かんげん》に弱かった。

いつの間にか、信矢はその作業を楽しむようにさえなっていた。

あの三年の間、小野瀬翁の命令で信矢に与えられた知識は、小野瀬翁のふたりの子供達に与えられたものと同類のもの。

超越者として他者を見下し、その意志と命とを己の望むように操る能力。それを当たり前の権利だと思うような人間になるための教育だった。

信矢は、それを知識として身につけたつもりだった。

決して、その歪んだ思想に心まで染まりはしないと思っていたはずなのに……。

（俺は、光樹さまと同じことをした）

明生の心を縛る暗示という鎖を手に入れると同時に、信矢もまた、光樹が作りあげたその鎖の魔力にからめとられてしまっていたのかもしれない。

明生を縛る鎖も、小野瀬グループ内での権力も、本当の意味では信矢自身のものですらなかったのに、それにさえ気づくことができなくなっていた。

目の前にある、まばゆい宝に目が眩んで……。

(明生さまは、もう俺を許さないだろう)

明生の憎しみを湛えた瞳が、脳裏から離れない。

あの瞳を見た瞬間、明生の暗示が内側から解けたのだと悟った。

嫌悪感で粟立つ肌に、もはやどんな言い訳も通用しないことを思い知らされた。

(もう、終わったと思ったのに……)

信矢が留守にしている間に、高見が来て明生を本邸へと連れ帰った。

明生のベッドの上には、その手首を縛っていた黒革の時計だけが残されていた。

すべてが小野瀬翁の知るところとなった今、自分はすぐにでも処分されるだろう。

守るべき主であるはずの明生を、逆に支配しようとしていたのだ。

小野瀬翁が許すはずがない。

覚悟を決めた信矢は、小野瀬翁のご機嫌取りのために身につけていた伊達《だて》眼鏡《めがね》を外した。

あれから二週間、信矢の周囲は不気味なほどに静かだ。

手に入れた権力が取り上げられる気配はなく、暗殺者の影もない。

信矢の生活は、以前とまったく変わらない。

ただひとつ、明生がいないことを除けば……。

だが、それこそが信矢には、なによりも大切なものだった。

生きていくために必要な、ただひとつの祈り。

明生との繋がりが完全に絶たれた今、なんの意味も無くなった時間を信矢はただ惰性で生きている。


屋敷に着くと、いつものようにまっさきに明生の部屋に向かった。

いるはずがないとわかっているのに、この習慣だけは抜けそうにない。

主のいない暗い部屋のドアを開け、ドア脇の操作盤で部屋の明かりをつける。

「――っ」

一瞬でひらけた視界の中、いるはずのない明生の姿を見つけて、信矢は息を飲んだ。

「……明生さま」

声をかけても返事はない。

お気に入りだったソファに足を組んで座る明生は、まるで人形のように身じろぎもせず、ただ信矢を見つめている。

甘やかな表情を完全にそぎ落とし、硬質な雰囲気のある美貌《びぼう》だけが全面に押し出された明生は、冴《さ》え冴《ざ》えと冷ややかで恐ろしくさえある。

まるで、胸に淀む罪悪感が形になったように……。

(とうとう頭がいかれたか……)

幻覚が見えるとはよっぽどだと自嘲しながら、動かない明生に歩み寄る。

つややかな黒髪に触れようとすると、

「触るな」

明生が静かに呟いた。

その冷たい声の響きに、信矢は、明生の髪に今にも触れようとしていた指先を弾《はじ》かれたように離した。

(本物か……)

「——お…ひとりですか?」

「ああ。そのほうが話がしやすいからな」

想像がつくだけに話など聞きたくない。

だが、それが許される立場ではないことを信矢は知っている。

「伺いましょう」

明生は頷き、「爺さんが死にかけてる」とその口調を変えずに言った。

「小野瀬翁が?」

意表を突かれて、信矢は驚いた。

「そのようなこと、私の耳にはまったく入っていませんが」

「そりゃそうだ。おまえの耳に入れないよう極秘にしていたんだ」

「そうですか……」

警戒されて当然だったなと、信矢は自嘲気味に唇を歪める。

「それで、私になにをお求めですか？」

最悪の言葉を予想しつつ聞くと、明生は「手を貸して欲しい」と真逆のことを言った。

まだ信頼してくれているのかと、信矢は一瞬甘いことを考えた。

だが、そんなはずはない。

「勘違いするなよ。おまえを許したわけじゃない。おまえが陰でやっていたことも、高見にすべて聞いた」

正直言って呆れたな、と明生が冷ややかに言う。

「それでも、爺さんが死にかけてる今、おまえを処分するのはリスクが大きすぎる。……今の俺には小野瀬グループのトップに立つ力がないからな。いま爺さんに死なれても、これ幸いと権力を求めて動き出す奴らを押さえ込むこともできない。――なんといっても、ついこの間まで、俺には自我さえなかったぐらいだしな」

明生は肩を竦《すく》めた。

「だから、おまえの持っている力を余さず俺に貸して欲しい。——今日は、そのための取引をしに来たんだ」

「取引ですか？」

「ああ。おまえが力を貸してくれるなら、おまえが望むときに俺を抱かせてやる。……不本意だが、この際、手段は選んでいられないからな。——あの男の暗示を利用して操った挙げ句、爺さんに逆らうような真似までして欲しがった身体だ。取引の材料にはなるだろう？」

明生は冷ややかだった顔に、ゆっくりと笑みを浮かべた。

それは、無邪気さとは対極にある微笑み。

「暗示は完全に解けたが、おまえに抱かれていた間の記憶は残っている。おまえが望むように、可愛らしく媚びを売るぐらいならしてやれるぞ。——どうだ？　命を長らえた上に、この身体が手に入るんだ。おまえにとって、悪い取引じゃないんじゃないか？」

明生の唇に浮かぶ悪意のこもった微笑みに、信矢は打ちのめされた。

（……俺が、この手で壊した）

信頼を最悪な形で裏切って、明生からあの無邪気な笑みを奪った。

自分の手で、自分の生きる目的を壊してしまった。

「……取引など必要ありません。私は、あなたの意志に従います」

「裏切り者の言葉は信用できない」

明生はきっぱりと言った。

「無条件で従うなどと言われて、はいそうですかと応じられるわけがないだろう。——取引に応じるか、処分されるか……。ふたつにひとつだ」

選べ、と迫る声が、心臓にするどく突き刺さる。

耐えきれない痛みに、信矢はその場に崩れ落ち、膝をついた。

「取引には応じません。……これ以上、あなたを汚し、裏切ることはできない」

応じれば、取引という名の鎖で、明生の自尊心を再び縛ることになる。

そんな愚かな過ちを再び犯すことはできない。

欲しいのは、明生の心からの微笑み。

そして、心からの信頼だ。

取引の材料としてその身体だけを手に入れても、満足できるはずがない。

暗示の力で無邪気に微笑ませても、心から満足することはできなかったように……。

「私が手に入れた力、人脈のすべてを、高見の義父に返上します。——その後、処分してください」

信矢は深く頭を垂れた。

☆

(――勝った)

目の前で頭を垂れる信矢を見下ろして、明生は全身の力が抜けていくのを感じていた。

信矢に会いに来る前に決めていたことがある。

もしも信矢が取引に応じたら、高見の勧め通り、リスク覚悟で処分するしかないと……。

だが、信矢は取引に応じなかった。

己の命や権力よりも、明生を守ることを優先してくれた。

(俺は、間違ってなかった)

明生は、信矢を失わずに済んだことに心から安堵していた。

明生にかけられた暗示の存在を知り、それを利用していた信矢。

信矢がなぜそんな真似をしたのか、明生は、その理由が知りたかった。

祖父達が言うように権力を欲してのことなのか、思うように操れる綺麗《きれい》な抱き人形が欲しかったのか、それとも明生自身を欲したのか……。

裏切られていたという失望が胸に淀んでいる今、言葉で問うて答えを得ても、心から信用することはできない。

だから、試した。

見えなかった信矢の真意がどこにあるのかを……。

——ずっと、信矢は飢えていた。

恋人同士になったばかりの頃は甘いだけだった時間に、信矢の執着心が見え隠れしはじめたのは、明生が外の世界に目を向けるようになった頃。

暗示にかけられていたときの記憶を辿りながら、明生はその理由を考えていた。

三年間の不在の後、大人びて戻ってきた信矢は、子供の頃のように『あお』とは呼んでくれなかった。

それが寂《さび》しくて辛くて、当時の明生は、信矢のことばかり考えていた。

少しでも一緒にいられるように画策し、それでも邪険にされると拗《す》ねて、信矢の気を引くためにわざと外で遊びまくったり……。

だが、恋人同士になり『あお』と呼ばれるようになると、今度は外の世界が気になった。

やっと得ることができた、信矢との確かな繋がり。

それを邪魔するものはないか、少しでもその繋がりを強固にするにはどうしたらいいか？

そんな風に、ひとりで考えて動き出したのだ。

信矢は、それを確かに嫌がっていた。

自分だけを見つめる抱き人形が欲しかったせいか、それとも明生の関心が外の世界に向かうことで自分から離れていってしまうとでも考えたのか……。

どんなに考えても、明確な答えは得られない。

人の心の本当のことなんて、自分自身ですらわからないことだってある。

ましてや他人がどんなに考えたところで、真実に手が届くはずはない。

（……だからかな）

それで信矢も焦ったのかもしれない。

暗示で縛っている以上、明生が自分を裏切ることはないと知っていたはず。

でも暗示で手に入れられるのは身体だけ、その内側にある明生の本当の心は手に入らない。

暗示という檻の中に閉じこめられた心は、明生自身にさえ自由にはならなかったのだから……。

信矢は、決して手に入らない明生の本心からの愛情を求めるあまり、異常な執着心を見せるようになったのかもしれない。

（そうだったらいい）

心から、そう願う。

すでに明生は、暗示にかけられていたときの記憶を探ることで、自覚していなかった自分自身の心も見つけ出してしまっていたから……。

（――俺は信矢を愛してる）

外の世界に目を向けるようになったことこそが、その証《あかし》だった。

自分を保護してくれる存在に絶対の信頼を抱き、優先し、従属し、依存すること。

それが明生にかけられた暗示の基本的な骨組みだった。

だが明生は、信矢に依存するだけで満足せず、手に入れた大切な場所を守りたいと願って、自ら外の世界に目を向けるようになった。

それを可能にしたのは、たぶん暗示の骨組みの粗さ。

暗示をかけられたときの明生が、言語に対する認識が薄い子供だったために、厳格な条件付けを施すことができなかったのだろう。絶対者である信矢のため、という大義名分が逃げ道になって、本来ならば暗示に遮《さえぎ》られてしまうはずの行動にも出られた。

守られて安心しているだけの子供ではなくなった明生自身の心は、意識せずとも暗示の影響から自力で抜け出そうとしていたのだ。

小野瀬翁から施された催眠療法も、明生にとっては幸運だった。

——信矢は必ず帰ってくる。だから絶望せず、大人《おとな》しく待っていればいい。

そう思い込まされて、依存する存在である信矢が戻ってくるまでの三年の間、暗示に縛られている明生の心は半ば眠っている状態だった。

なにをしても楽しくない、虚《むな》しくて、寂しい日々。

それでも、やはり時間は流れていた。

絶対者が側にいないことで、広がった視界には外の世界が確かに見えている。出会えた友、そして意識せずとも蓄積されていく経験が、明生自身の心を成長させる糧《かて》となる。

信矢と離されていた三年の間に獲得した明生自身の心は、暗示が復活した後でも消えることはなかった。

暗示がもたらす幸福感に溺れながらも、外の世界に垣間見える自由な人々の心の動きに刺激され、閉じられた今だけじゃなく未来も手に入れたいと、そう望むようになっていた。

それもすべて、信矢のため。

成長した明生の心は、依存する対象としての『信矢お兄ちゃん』ではなく、共に生きていく存在である『信矢』を望んでいた。

『信矢』を守りたいと、そればかりを考えていた。

『信矢』の存在そのものが、暗示を内側から解くための重要な鍵《かぎ》だったのだ。

この心には、間違いなく信矢に対する愛がある。

そう自覚したからこそ、賭《か》けに出た。

信矢の行動の裏には、確かに自分への愛があるはずだと信じて……。

そして、明生は勝ったのだ。

視界が滲《にじ》み、涙がするりと頰をこぼれ落ちる。

それは暗示が解けてから、はじめて流す涙だった。

「——よかった」

思わずため息とともに呟いた声は、涙で揺れていた。

怪訝に思ったのか、信矢が顔を上げる。

「明生……さま？」

滲んだ視界の中で、信矢が慌てて立ち上がる。

歩み寄り、明生の頬に流れる涙をぬぐおうとした指先は、だが触れる直前に止まる。

「慰《なぐさ》めろよ」

軽く睨《にら》むと、信矢は困った顔をした。

「……触れても、よろしいのですか？」

「良いに決まってる。誰のせいで泣いてると思ってるんだ」

信矢は明生の前にひざまずくと、ためらいながら手を伸ばしてくる。

その指が、そっと明生の頬に触れた。

指先で涙をぬぐい、そっと頬を撫《な》でる指先。

その優しい感触に、自然に明生の瞼《まぶた》が閉じる。

（……久しぶりだ）

明生は自ら首を動かし、その頬を信矢の手にすりっと押しつける。

この手が触れることを、もう一度許せたのが嬉しい。

賭けに負けていたら、この大きな手だけじゃなく、思い出の中にいる優しい少年の手の温《ぬく》もりも失ってしまうところだった。

「許していただけるのですか?」

明生は、信矢の声に目を開けた。

「許すわけねぇだろ」

苦痛を堪《こら》えるような表情の信矢に、明生は断言する。

「おまえは俺を裏切った。その事実は無くならない。爺さんや高見だって、信頼を裏切ったおまえを決して許さないだろうよ。……でも、おまえは、これ以上俺を裏切れないって言ってくれた。——俺は、その言葉を信じる」

明生も、信矢も、歪んでいた。

周囲の大人達の歪みに巻き込まれ、操られて……。

お互いの過去を振り返って恨み言を言ったところで、返す刃《やいば》で互いが傷つくだけ。

だから、ここでリセットする。

過去は過去として踏み越えて、ここから新たにもう一度やり直したい。

「おまえは処分しない。爺さんや高見からも俺が守ってやる。だから、おまえも俺を信じろ。取引とは関係なく、おまえに俺をくれてやるから……」

明生は、信矢の手をつかんで、自らに引き寄せた。

「愛してる」

その首に腕を絡めて抱きつくと、信矢は驚いて身体を強ばらせた。

「明生さま？」

「誰にも何にも強要されてない。これが俺の本心だ。——だから信矢、お願いだから、ずっと俺の側にいてくれ」

耳元で囁くと、信矢の腕が背中にまわり、強く抱きしめられる。

「明生さま、あなたの望みに従います」

「おまえ自身の望みは？」

「告げても……よろしいのですか？」

「うん。言えよ。聞かなきゃ、今度は俺が不安になるだろ？」

明生は、信矢から身体を離して、その顔を見つめた。

命令して、縛りたいわけじゃない。

明生に背負《せお》うべきものがある以上、お互いの立場の違いはどうにもならない。

それでも、心だけは同じ場所に立っていたいから……。

「私が望むのは、あなたのために生きられる人生だけ……。その気持ちは変わっていません。——あなたを、愛しています」

見つめ返してくる信矢の瞳には暗い陰りは見当たらない。

明生は安心して、もう一度、信矢に抱きついた。


キスして欲しい。

そう思うのに、信矢は抱きしめ返すばかりで、それ以上は仕掛けてくる気配がない。

たぶん諸々の罪悪感のせいで、自分から触れることをためらっているのだろう。

以前だったら、焦れた明生が甘えて媚びて誘っていた場面だが、今の明生にはそれは無理。

記憶のすりあわせをしているときも、そこら辺の自分の行動にはかなり抵抗があったのだ。

(……やれば、信矢は喜ぶんだろうけどさ)

信矢の肩にコツンと顎《あご》を預けて、明生はこっそりため息をつく。

暗示をかけられているときの明生がそんな態度を取ったのは、信矢がそれを求めていたからに他ならない。

だからこそ信矢の態度がおかしくなればなるほど、比例してその傾向も強くなった。

とはいえ、信矢が媚びられたり甘えられたりするのが好きだとは思ってない。

信矢が好きなのは、たぶん子供の頃の明生の面影だ。

引き離されてから再会するまでの三年間、ふたりはまったく会わずにいた。

明生だって、再会したときの信矢の大人びた雰囲気に驚いたし、その分別くさい態度に苛《いら》ついたのだから、信矢だって当然明生の変わりぶりに戸惑ったに違いない。

祖父にかけられた催眠療法の影響で、暗示に縛られていた時代の幼い心は眠りにつき、明生自身は、その三年の間に無邪気なあどけなさをすっかり失った。

その代わりに身についたのが、無気力無関心なひねた態度。

口には出さなくても、その変わりっぷりに、信矢は少々失望していたのかもしれない。

(でも、無理。ベタベタすんのって苦手だ)

暗示の影響が抜けた今、お子様な態度で媚びるなんてすでに羞恥《しゅうち》プレイの域。

もう媚びるつもりはないから、そこは諦めてもらうしかない。

ついでに言うと、今の明生には、信矢の心の整理がついてふんぎりがつくまで待っていてやるような鷹揚さの持ち合わせもなかった。

「なにためらってんだよ。手ぇ出す気ねぇなら、俺もう帰るぞ」

明生は身体を離して、ソファにふんぞり返る。

「あります。……が、少々罪悪感もありまして……」

やっぱり、と明生は軽く眉をひそめた。

「俺が良いって言ってんだから、今さらためらうなよ」

「嫌ではないのですか？　私は――」

「言うな」

明生は、信矢の言葉を遮った。

「もう蒸し返すな。――それとも、懺悔《ざんげ》でもしたいってのか？」

「いえ、それは……。なにを言っても、言い訳でしかないですし」

「わかってりゃいいんだ。ほら、やろうぜ」

立ち上がり、寝室のドアを開けてあからさまに誘うと、信矢は苦笑した。

「なんだよ。俺はもう、小細工して誘ったり媚びたりなんかしないぞ。――こういう俺は嫌いか？」

「いえ。……予断を許さなくて、むしろ魅力的ですよ」

「おまえ、口うまいよな」

ふふん、と明生は鼻で笑う。

「おまえのそういうとこ、嫌いじゃない」

「ありがとうございます」

開き直ったのか、信矢は明生に歩み寄ってきて、その両手で明生の頬に触れる。

そして、キス。

「……ん」

久しぶりのキスをゆっくり楽しもうとしたのに、開き直った信矢は性急だった。

キスしながらも、半ば抱えられるようにして歩かされ、ベッドに押し倒される。

「――っと、ちょっと待った」

シャツにかかる信矢の手を、明生は止めた。

「なんです？　今さら焦らすんですか？」

「そうじゃねぇよ。ひとつだけ約束しろ。二度と俺を『あお』とは呼ぶな」

「……わかっています」

明生の言葉を聞いた途端、信矢はふっと表情を陰らせ、辛そうな声を出した。

（――あー、わかってねぇな）

暗示を利用していたことを責められたと信矢は感じたようだが、明生の真意は違うところにある。

明生はただ、信矢に、かつて抱いていた『あお』を思い出させたくないだけだ。

明生自身の心が暗示の影響から抜け出しつつあったあの夜、明生は『あお』を嬉々として抱く信矢の姿を見せつけられた。

あの夜の、あの嫉妬《しっと》と絶望感は、明生の心にしっかり深い傷になって残っているのだ。

『あお』は、明生だけど明生じゃない、信矢が望んだ幻の存在だ。そんなものに信矢を二度と取られたくはないから、二度と『あお』とは呼ぶなと言ったのだが……。

（ま、いいか）

誤解は解かないでおこう。

誤解だと説明するには、あの夜、『あお』を抱く信矢を、『明生』が見せられていたことを話さなきゃならなくなる。『あお』と『明生』が違う存在だと理解した結果、信矢に『あお』を恋しがられては目も当てられない。

(幻なんかにくれてやるものか)

罪悪感に苛《さいな》まされている信矢は少し可哀想《かわいそう》だ。

でも、あの夜のあの絶望感を思えば、これぐらい苛《いじ》めてもおつりがくる。

「しょげるな。ほら、続き」

ぺちっと頬を軽く叩《たた》いてから、首に腕を絡める。

苦笑する唇に唇を押しつけた。

ためらいがちにキスに応じていた信矢が、徐々に夢中になっていくのを肌で感じると、明生は安心して目を閉じた。


「……あ……っ、ん…ふっ……」

傷つけないよう、そこをじっくり指で押し広げられる。

背中越しに感じる信矢の肌と、うなじに吸いつく唇の感触に、ゾクゾクと甘く肌が震える。

勝手に高鳴っていく心臓の鼓動は、いつになく早い。

両腕の力が抜け、身体を支えていられなくなって、明生はシーツに顔を押しつけた。

何度もして慣れた行為のはずなのに、すべての感覚がなんだか新鮮だ。

(愛してるって、自覚したせいか)

暗示の影響で、恋だと勘違いしてはじまった信矢との肉体関係。

その後、恋人同士になったのだと信じていたけど、それだって実際のところは違ったのだ。

明生の本当の心は、明生自身にも信矢にも届いてはいなかったのだから……。

(——駄目だ)

過去に向かいそうになる心を、明生は引き止めた。

後悔したところで、お互いに痛みを増すだけだ。

今は、ただ喜べばいい。

望んだように抱きしめてくれる腕があることを……。

「んっ！　……やっ」

深く潜り込み、明生の弱いところを探り当てた信矢の指が、ぐりっと内壁を擦《こす》り上げた。

一度指だけで達かせることで、芯《しん》から身体を蕩けさせ、柔らかく開ききってからひとつになろうとしているのだろう。

性急に追いあげようとするその動きに、明生は必死で耐えた。

「あ……あっ……。しんやっ、待て……て……」

「どうして？　お好きでしょう」

「バッ…カ。……それ、嫌だ。まず、おまえで達かせろよ」

初《うぶ》な感覚を、再び味わえているのだ。

どうせだったら、はじめては信矢が良い。

「久しぶりだし、まだ辛いかもしれませんよ？」

「かまうな。いいから。……早く」

自ら身体の向きを変えてベッドに仰向けになり、信矢の腕を引く。

「では、あなたの望むように……。そのまま力を抜いていてください」

まんざらでもなさそうな様子で、信矢が覆い被さってくる。

そして、押し当てられる確かな熱。

「んっ……あっ――」

ゆっくりと押し入ってくる、熱い昂《たか》ぶりに眩暈がする。

明生は思わず目を閉じ、のけぞった。

「辛いですか？」

のけぞった首に口づけながら、信矢が聞いてくる。

明生は、首を横に振った。

「大丈夫。……うごいて」

身体の脇にある信矢の腕につかまり、微笑む。

信矢は明生の身体を気遣うように、ゆっくりと動き出した。

「んっ……あ…あっ……」

擦り上げられる度、甘く身体が痺《しび》れる。

徐々に激しさを増す動きに、腰のあたりからじんわりと甘い痺れが広がっていって、身体が蕩けていく。

「あ……いいっ……」

感じる身体は、無意識のうちに信矢を締めつける。

「…っ………明生さま」

熱く蕩ける身体に包まれ、きつく締めつけられた信矢が気持ちよさそうに呻き、堪えきれないように激しく動き出す。

「っ……あっあ……あ……はっ……ぁ……」

強く揺さぶられる度、身体の奥からこみ上げてくる快楽に勝手に声が漏《も》れた。

(すごい……気持ちいい)

感じすぎて、身体のコントロールがまったくきかない。

喜ぶあまり信矢をきつく締めつけ過ぎて、信矢が動く度、柔らかな内壁が引きつれて微かに痛い。だが、その痛みすら快感の一部になってしまっている。

「…あっ…だめ……信矢……もっと……ゆっくり……」

意識が飛ぶほどの灼熱《しゃくねつ》の解放感をすでに知っている身体は、もっと、と強さを望んでいたが、明生はあえて正反対の言葉を口にした。

一気に追いあげられて、あっさり達ってしまいたくない。

暗示に縛られているときは、たぶん抱かれているときですら信矢の喜びを優先していた。セックスの喜びにどんなに夢中になっていても、まず信矢が望むようにふるまうことが最優先。もっと可愛がってと甘えて、媚びてみせたり……。

それでも充分に、暗示に縛られていた『あお』の望みは満たされていた。

『あお』が、無意識下で本当に望んでいたのは、セックスの喜びよりはむしろ、ただの優しい抱擁《ほうよう》だったからだ。

その腕に強く抱きしめられ、優しくされて、微笑みかけてもらえる。

そんな子供が純粋に求めるような優しい抱擁こそが、保護者の愛情を求める『あお』の望みだったのだ。

でも、明生は違う。

明生が欲しいのは保護者ではなく、恋人の抱擁。

自分を欲しいと熱く昂ぶる、その強さを少しでも感じていたい。

「……もっと、ゆっくり……」

「ゆっくり？」

動きを止めた信矢が、顔を覗き込んでくる。

明生は手を伸ばして、その頬に触れた。

「ん……ゆっくり……。おまえを、長く感じていたい」

甘く吐く息に乗せて、かすれた声で呟くと、信矢は微かに眉根を寄せた。

「どうした？」

「わたしを……本当に望んでくださるのですね」

辛そうで、だが同時に、感極まったようなその声。

（…………こいつ）

この状態に至ってまで、まだ蒸し返すか。

明生は、一瞬むっとして、信矢の鼻をぎゅうっとつまみたい衝動に駆られた。

が、すんでのところで思いとどまる。

（しょうがないか）

この二週間、明生はずっと、この先どうしたいのかを自問自答し続けた。

自分自身納得の行く答えが出たから、覚悟を決めてここに来た。

でも信矢は、この二週間、ずっとひとりで後悔し続けていたんだろう。

すべてを失い、処分されることを覚悟しながら……。

そうだとしたら、今のこの状況は信矢にとっては急転直下の逆転劇。降って湧《わ》いた幸運に、まだ心の整理がつかないのかもしれない。

(もう少し、つき合ってやるさ)

少々萎《な》えるが、それで信矢が心から納得して安心するのなら仕方ない。この先もずっと一緒にいるために必要な儀式だと思って我慢してやる。

「当たり前だろ」

明生は、静かに微笑んだ。

「俺を疑うな。——それとも、この二週間、辛い記憶にも向き合い続けて俺が出した答えに、不満でもあるのか?」

「とんでもない。……ただ……」

「ただ、なんだよ」

不満げに軽く眉を上げると、信矢は苦笑した。

「確実にあなたを失ったものと……そう、思っていたので……」

今が夢のようで……と呟きながら覆い被さってきた信矢が、明生の肩に顔を埋めた。

(……ん。——まったく、もう……)

ベッドが揺れて、繋がった部分に刺激が加わる。

明生は、思わず漏れそうになる声を唇を嚙んで我慢した。

（……ホントに、犬みたいだな）

主人を誤って噛んでしまったことにショックを受けて、叱られるの覚悟でナーバスになっている大型犬。

「今さら、おまえと離れられるわけないだろ」

なんだか愛しくなって、明生は信矢の背中にゆっくりと指を這《は》わせた。

「俺の暗示が解けたのは、おまえを愛していたせいだ。……愛していたから、暗示を打ち破るほどの欲が出た。人形のままでは、いられなくなった」

軽く首を動かし、信矢の髪に頬をすりよせる。

信矢の背中が微かに震える。

肩に、水滴が落ちる感触があった。

「……夢なんかじゃない。おまえを愛してる」

信じろ、と命令すると、頷く信矢の額が肩に当たった。

「一生、あなたの側にいます。あなたのためなら、なんでもすると誓います」

「うん。あてにしてる」

だから、もうそろそろ良いだろう。

「——納得したんなら、さっさと動いてくんない？」

焦らすなと髪を軽くひっぱると、信矢は明生の肩口でクックと笑った。

（……わ、また）

微かにベッドを揺らされるのは、正直困る。

「色気……ないですね」

「悪かったな。……こういうのが嫌なら、もう抜け」

我慢も限界、ともう一回髪をひっぱると、信矢はやっと顔を上げた。

「絶対に嫌です」

明生は、うっすらと微笑む信矢の顔に、涙の跡を捜したが見つからなかった。

どうやら、人の肩でぬぐった後らしい。

「うあっ……。んっ……」

残念に思う暇もなく、信矢が動き出す。

中途半端な状態で留め置かれていた身体は、その動きを嬉々として受け止めた。

「焦らしてしまった分、楽しませてあげますよ」

「ちょっ……あ……」

そうじゃなく、もっとゆっくり、と訴えたが、信矢は動きを止めなかった。

「あっ……やだ。も……いくっ……――っ！」

強引に追いあげられ、堪えることができなかった。

「……ば…か……。もう……」

ひとり放った明生は、甘く痺れた拳《こぶし》で信矢の肩を叩く。

「まだ、これからですよ」

休む間もなく、繋がったままの身体を、信矢の手で強引に引き起こされた。

「……んっ！」

達ったばかりできゅうっと締まっていた身体が、明生の身体の重みで奥深くまで、ズンッと信矢の熱を飲み込む。

「や、深い……あっあ……」

深い部分を、信矢の熱でえぐられる。

つま先までじんと甘く痺れて、明生は目を閉じ信矢の首にしがみついた。

「気持ちいいでしょう？　――一度達った後のほうが、長く楽しめますよ」

信矢の手が、押し開くように尻をつかみ、明生の身体をゆっくりと揺さぶる。

「大丈夫、お望み通り、ゆっくり長く感じさせてあげますから……」

萎える間もなく熱を取り戻した明生は、信矢の肩に手を乗せたまま、しなやかにのけぞり、ぶるっと身を震わせた。

「ん。……信矢もちゃんと…感じて……」

そのまま快楽に溺れたいのを我慢して、ゆっくり目を開いて信矢を見つめる。

「……俺が、おまえを欲しがってるって……」

身体の奥を焦《こ》がす甘い熱に浮かされながら、かすれた声で呟くと、信矢は微かに眉根を寄せた。

「……ありがとう……ございます」

眉根を寄せたまま、信矢は微かに唇をほころばせる。

その紅茶色の瞳が、微かに潤《うる》む。

（……これで、ホントにもう大丈夫だな）

なんだかほっとした明生は、信矢の唇にゆっくりと自分の唇を重ねていった。


深く、強く揺さぶられる。

絶え間ない喜びに喘《あえ》ぐ自分の声に混じって、信矢の熱い息が聞こえてくる。

そして、愛していると何度も囁かれた。

明生は、耳に心地良い声にうっとりと酔いしれる。

ゆっくり目を開けると、そこに信矢の姿がある。

行為に夢中になり、この身を貪《むさぼ》るその姿。

目が合うと、微かに笑んで、唇を寄せてくる。

あのとき、目と耳をふさいだまま、逃げずに済んで良かったと心から思う。

（……俺の信矢だ）
しっとりと唇を合わせながら、そんな思いが胸に満ちた。
守ってくれる『信矢お兄ちゃん』はもういらない。
明生がいま必要としているのは、優しいだけの腕じゃない。
欲しいのは、恋人の腕。
守護されることはもう望まない。
迷っても、弱くても良い。
最後に必ず自分を選んでくれるのなら……。

何度目かの解放の後、明生は信矢の腕の中、甘い喜びに意識を飛ばした。
まどろみの中、頬にそうっと優しく指先が触れる。
「明生さま……あなたを愛しています」
そして、唇に注ぎ込まれる優しい声。
（……俺も……愛してる）
そんな言葉が、自然に心に満ちる。
無意識のうちに信矢の手を探り、指を絡めて握りしめる。
明生は、そのまま幸福な眠りに落ちていった。

6

「なんでこいつがここにいるっ！」

明生が、信矢を連れて本邸に戻ると、小野瀬翁は血相を変えて怒鳴った。

「爺さん、血圧上がるぞ。まずちょっと落ち着けって」

「これが落ち着いていられるか！」

宥《なだ》めても、小野瀬翁の怒りは収まらない。

これ以上怒らせてはホントに血管が切れそうだ。

明生は、とりあえず信矢を別室に避難させた。

死にかけていると信矢には言ったが、実はあの時点で小野瀬翁は復活していた。

一時は時間の問題だろうと思われていたのに、明生が側に戻ったことで気力が戻り、医者も呆れるほどの回復ぶりをみせたのだ。

だが、さすがにベッドから出ることはできずにいるが……。

とりあえず少し落ち着くのを待って、信矢をもう一度信用することにしたと報告すると、小野瀬翁は強固に反対した。

「明生、あの男は駄目だ。あれは、また裏切るぞ」

一度裏切りというハードルを越えてしまったものは、二度と元には戻れない。

そんな自説を展開して、明生の心を変えようとする。

「裏切られても良いんだ」

「馬鹿を言うな」

「良いんだよ。裏切ったときは、俺が責任持って対処する。すべて覚悟の上だから……。——まあ、絶対に裏切らせないけどさ」

俺を信用して任せてくれよと明生が長時間かけて説得すると、小野瀬翁は渋々ながらも頷いた。

「だが、わしの目が黒いうちは好き勝手はさせん」

小野瀬翁が張り切る。

こりゃ当分死にそうもないなと、明生はちょっと安心した。


その後、明生は高校を辞めた。

小野瀬グループの跡継ぎが高校中退では外聞が悪いので、表向きは卒業するように手配はしているが、もうあの校舎に足を運ぶことはないだろう。

回復したとはいえ、小野瀬翁の命の残りは限られている。

明生はそれまでに、その跡継ぎとして必要な知識を身につけなければならない。

小野瀬翁は、自分にもしものことがあっても明生がすぐにトップに立たずに済むようにと準備を進めていたようだが、明生はそれを断った。

厚意に甘えて、問題を先送りしても許される子供時代は、もう終わったのだ。

今は本邸に教師達を直接呼んで、必要な知識を学ぶことに専念している。

孫馬鹿の小野瀬翁は、猛も一緒に勉強させようと画策していたようだが、それは明生が止めた。

猛は、もう充分迷惑を被ってきた。

これ以上、小野瀬家のお家事情で振り回すことはできない。

つかず離れずでベタベタした友達ではなかったが、それでもやっぱり今までのようには会えなくなると思うと寂しいが……。

と思っていたのだが、猛は保子《やすこ》を連れて、小野瀬翁の見舞いがてらたまに遊びに来るようになった。

どうやら、発案者は保子らしい。

覚えていなくとも、今の保子は自分がどんな目に遭ったのか理解しているはず。

小野瀬家の本邸に出入りすることに抵抗はないのかと明生が聞いたら、不思議そうな顔をされた。

「平気だよ。だって、あたしと明生は友達でしょ？」

保子が無邪気に笑う。

子供のようなその微笑みは、明生が背負うと決意したものの重みを、ほんの少しだけ軽くしてくれた。


しばらくすると、保子に唆《そそのか》されたと言い訳しながら、恥ずかしそうに光毅《こうき》まで顔を出した。

事情をなにも知らない光毅からは、なんであの後、携帯に出てくれなかったんだと文句を言われた。

明生が帰った後、母親が急に堰《せき》を切ったように泣き出して大変だったのだとか……。

「なんで泣いたんだ？」

「そりゃ、あんたに酷いこと言ったからだろ」

「へえ。そういう殊勝なタイプには見えなかったけどな」

「実は俺もそう思ってた。親父もそうだったみたいでさ。すげー驚いてたよ」

「親父って……。会ったのか？」

「まあね」

なにをしても泣きやまない母親を心配した祖父母が、父親に連絡を取って、なんとかしてやってくれと呼び寄せたのだと光毅が言う。

「あのふたり、案外仲良くてびっくりした」
「へー、そう。——で、待望の父親との初対面の感想は？」
「……変な奴だった。やたらとご機嫌でさ、なんか、すっげーベタベタしてくんだよ。——親子って似るのかな」

ここに来た途端、今まで会うことができなかったもうひとりの孫に大喜びした小野瀬翁に、なにか欲しいものはないかと得意のプレゼント攻撃を仕掛けられ、すっかり辟易《へきえき》していた光毅がぼやく。

その日以降、大樹とは神田《かんだ》家で一緒に暮らしているらしいが、光毅の口からは大樹の異常性に関する話は出てこない。

とりあえずは、うまくやっているようだ。

「で、あのさ。母さんが謝りたいって言ってるんだけど、会う気、ある？」

光毅に聞かれて、明生は首を捻《ひね》った。

「ん〜、面倒だな」

いま忙しいからまた今度な、と答えると、相変わらずだなぁと光毅がぼやく。

暗示から完全に醒《さ》めた後も、その部分は変わらなかった。

一緒に暮らしたこともなく、一度しか会っていない母親に対して、情らしきものはまったく感じない。

でも、さすがに無関心でもいられない。

彼女の自責の念が薄れるというのなら、一度ぐらいは会ってやっても良い。

光毅のためにも、そうしてやろうと思っている。

☆

ソファに寝そべり、発音のイメージをつかむためにフランス語の教材を大音量にしてデジタルオーディオプレーヤーで聞いていると、不意にイヤホンを取られた。

「お、信矢か。おかえり」

見上げた先に立つ信矢に、明生は微笑みかける。

「ただいま戻りました」

相変わらず地味な装いの信矢が、軽く頭を下げた。

一時期の造反行為は明生の取りなしでとりあえず不問になったものの、三ヶ月以上すぎた今も、高見あたりからネチネチいびられているようだ。

信矢は以前と変わらず、小野瀬グループの闇に関わる仕事を行っている。

明生は、自ら望んでその報告書に目を通すようになった。

そして、想像ではなく現実を知った。

祖父の代から脈々と行われてきた違法行為の数々、そしてその違法行為を隠蔽《いんぺい》するために行われる後ろ暗い行為や取引の数々……。

負の財産とは関係なく、光樹が犯した犯罪行為の後始末に関する報告も受けた。

それらは、小野瀬翁の計らいで、被害を受けて生き残った被害者やその家族に、必要なだけの援助をという小野瀬翁の望みで行われている。

(爺さんらしいやり方だ)

明生は苦く思う。

光樹の被害にあったのは、小野瀬グループ内部の人間達、いわば小野瀬翁の身内だ。

だから援助の手を伸ばす。

だが、それ以外の、今まで金でやり取りしてきた数多くの命には一切興味を示さない。

(……片寄ってる)

その視界の歪み、極端に片寄った愛情の在り方こそが、諸々の不幸の要因でもある。

今さら責めるつもりはないが、その歪みの後始末を、今後もやり続けることになるのだと思うとさすがに複雑な気持ちになる。

もはやり直すには遅すぎる祖父の代わりに、自分が後始末をしようと自分の意志で決めたから、明生自身は別に良い。

だが、信矢にまでそれをさせているのだと思うと、胸が痛い。

でも、止めろとは言わない。

それは明生ひとりでは到底できない仕事だった。

信頼の置ける者達の協力がどうしても必要なのだ。

そして信矢は、その要《かなめ》になってくれている。

明生同様、信矢もまた自分の意志でそこに立つことを決めたのだ。

明生と共に生きるという目的のために……。

だから、明生はどんなに胸が痛くても、目を閉じず信矢を見つめている。

「――なにを聞いていたんです？」

信矢は屈《かが》み込むと、明生から取り上げたイヤホンを耳に当てた。

「ああ、フランス語……。順調ですか？」

「聞き慣れないから、さっぱりだ。……通訳いるんだからさ、わざわざ俺が覚える必要なんかないと思うんだけどな」

「肝心のその通訳が裏切ったらどうするんです？」

せめてヒアリングぐらいはできるようになったほうが良いと信矢が言う。

「人事だと思って……。自分はできるのかよ」

明生がふてくされると、信矢は「できますよ」とシレッとした顔で言った。

「マジで？　いつ覚えたんだ？」

「あなたと離れている三年の間に……。主要外国語はすべて覚えました。ヒアリングだけなら、他にも少し」

「そんなに三年で覚えられるもんか？」

「覚えたから戻ってこられたんですが」

苦笑する信矢を見て、明生は頭を抱えた。

（……化け物）

信矢は、いま明生が学んでいる経済学やら外国語以外にも、体術やあまり誉《ほ》められたものじゃない人心掌握術なども学んできたと聞いている。

どんな三年を過ごしてきたのか、想像しただけで恐ろしい。

「明生さま。お飾りのトップになりたくないのならば、今ここで頑張ってください。――あなたの代わりになる人はいないのですから……」

「……そんなん、言われなくてもわかってるって」

明生はふてくされた。

だが、心の中は逆。

（信矢らしい）

――諦めないで、もう少しだけ頑張ってみよう？

かつてそう言ってくれた、大好きだった幼馴染《おさななじ》み。

ここにあるのは、その成長した姿と心。

状況や環境で人の心が揺らぐことを明生はもう知っているから、暗示に縛られていた頃のような、無条件の信頼感はもはや抱けない。

それでも、リスクを承知の上で信じると自分で決めた。

胸に残る微かな不安は、この心を刺す小さな棘《とげ》。

幸福すぎる夢に溺れないための、ほろ苦い気付け薬みたいなものかもしれない。


「……なあ、信矢」

「なんです？」

「これ、直接頭にたたき込む方法ないかな？　睡眠学習とか催眠術とかさ」

明生が信矢から取り返したイヤホンをプラプラさせると、信矢は一瞬絶句した。

「……本気ですか？」

「もちろん。楽できるならしたいし」

わだかまりが無いと言えば嘘になるが、まっとうに覚えるより楽な手段があるのなら、そっちを使いたい。

「懲《こ》りてないというか、図太いというか……。――とりあえず、それは却下です。向精神薬に対する影響だって、いまだに常人に比べればずっと高いんですから、危険なことはさせられません」

　残念、と明生が呟くと、信矢は呆れたようにため息をつく。

「明生さまは、私が思っていたより、ずっと大物なのかもしれませんね」

「それ、誉め言葉？」

　明生の問いに、「判断はお任せしますよ」と信矢はそらっとぼける。

「じゃ、誉められたんだな」

　明生が迷わず威張ると、信矢は苦笑した。

　何気なく交わされる信矢とのたわいのない会話は、慌ただしく日々を送る今の明生にとっては、なによりの栄養剤だ。

　このひとときを守るためにも、恐れずに前に進む。

　明生の心に、もう迷いはひとかけらもなかった。

手首の影

真っ赤な薔薇《ばら》の花束を片手に持ち、ひとりで石段を上がって行く。

ここは、かつて小野瀬翁《おのせおう》が隠居時代に使っていた別邸の敷地内にある庭園で、明生《あきお》はその一角にある墓に用事があった。

墓に眠るのは、七年前に逝《い》った小野瀬翁。

年に一度、その命日に明生はこの墓に足を運ぶ。

派手な薔薇の花束は、生前の小野瀬翁の趣味だ。

小野瀬翁の墓は、高級霊園に豪華なものがもうひとつあるのだが、そっちの墓の中味は実は空だ。

小野瀬翁は良きにつけ悪《あ》しきにつけ有名人だったから、自分の墓参りに来る者の数も半端じゃないだろうと考え、騒々しさを嫌う明生が墓参りに来なくなることを恐れて、密かに本当の墓を別邸の敷地内に作ってしまったのだった。

孫馬鹿《ばか》っぷりもここまでくると、もう笑うしかない。

ここを知っているのは本当に親しい者だけだし、管理された私有地でもあるので、セキュリティーの面でも心配がなくて助かってはいるが……。

石段を昇り終え、少し歩くと墓が見えてきた。

先に誰か来ていたようだ。

線香の煙がたなびいている墓に向かって、明生は持ってきた花束を無造作に放り投げた。

「爺《じい》さん。久しぶり」

とりあえず派手で高価なものが大好きだった小野瀬翁だが、こっちの墓は御影石《みかげいし》で作られた洋風のタイプで、自分で用意したにもかかわらず、けっこう地味で趣味が良い。

小野瀬翁が死んだのは、明生がちょうど二十歳になった年。

一度死にかけた後、小野瀬翁の体調が完全に戻ることはなかった。

明生が二十歳になるまでは……というのが寝込んでからの小野瀬翁の口癖で、本当に明生が二十歳の誕生日を迎えるときまで、その命を執念で繋《つな》いだ。

あっぱれな孫馬鹿ぶりだった。

その日を想定して、高見《たかみ》や信矢《しんや》らと準備を進めていたとはいえ、やはり創立者の死で小野瀬グループの内部は大きく揺らいだ。

その影響を最小限で抑えることができたのは、小野瀬翁の放逐された次男、大樹《たいじゅ》のお陰でもあった。

一時は小野瀬グループ乗っ取りを企《たくら》んでいたくせに、陰で密かに造反者を抑える手伝いをしてくれるなんて、どういう風の吹き回しかと明生が直接聞いてみたら、大樹は「妻への愛かな」などと実に胡散臭《うさんくさ》いことを言いだした。

「おまえの身になにかあると、美貴《みき》が気に病むからな」

「あんた、彼女のことマジで愛してたんだっけ？」

「自分でも意外だが、どうもそうらしい。小野瀬家への当てつけで手を出したつもりだったんだが……。——女の涙ってのは厄介《やっかい》なものだな」

軽く不満そうな顔をするところを見ると、どうやら本気のようだ。

ちなみに、妻である美貴はその二年前、「この先、あの人は私が責任を持って見張るわ。決して、小野瀬家に迷惑を掛けるようなことはさせないから」と、明生に誓っていた。

その誓い通り、うまいこと陰で大樹を操ってくれているらしい。

こりゃ愉快だと、明生は密かに面白がる。

「奪うことばかり考えて生きてきたが、最近は守りに入るのも悪くないと思ってるんだよ。——それでな、明生。これからは爺さんの代わりに俺が守ってあげるから、家の子にならないか？」

子供と小野瀬グループと両方手に入って一石二鳥だと、大樹がほがらかに笑う。

大樹らしい物言いに、明生は苦笑した。

「断る。もう保護者がいる歳じゃねぇよ」

「残念」

大樹は、微笑《ほほえ》んであっさり引いた。

その後は、明生にも小野瀬グループにも無理に絡んでくることはない。

たまに会う光穀《こうき》の話の中の大樹は、かなりうざい普通の父親に成り下がっている。

美貴のお陰か、それとも親である小野瀬翁に似て子供に甘いだけか……。

（さて、こっちはどうだったんだか……）

小野瀬翁の墓の隣りには、もうひとつ、小さめの墓がある。

明生の父親である光樹《こうじゅ》の墓で、やはり本来の墓から遺骨だけを密かに移動させてある。

生前の光樹の行為のすべてを知り、息子が沢山《たくさん》の人々の恨みを買っていることを知った小野瀬翁がそうした。

立場上仕方なく墓参りに来た者達に、心の中で罵倒《ばとう》されたり、つばを吐かれたりするのは可哀想《かわいそう》だというのがその理由だ。

だが明生は、生前の光樹の行いを知れば知るほど、そんな気遣《きづか》いがいるような人だとは思えなくなる。

あの男は死んだ後の自分の身体《からだ》が、どうなろうと気にも止めないいんじゃないかと……。

（……親馬鹿め）

子供にも孫にもベタ甘、ただひたすらに利己的な愛情を注ぎ続けることばかりに夢中で、愛する者の本当の姿を見ることができない。

それでも、そんな小野瀬翁の愛情に救われたことがあるのも事実だから、その愛情のすべてを否定するつもりはない。

間違った愛し方だとは思うが、光樹よりはましだ。

自分の好奇心を満たすためだけに他者の人生を狂わせ、自らの子供にさえも暗示という手段で絶対の愛情を強要した男。

その異常な行動の裏には、彼なりの愛情があったんだろうか？

考えても答えは出ないと、明生は早々に考えることを放棄《ほうき》していた。

その心の真実を知る人はもはやどこにもいないし、たとえ教えてやると言われても、きっと必要ないと断るだろう。

彼の心を理解する必要などないし、したくもない。

フラッシュバックのように、頭を撫《な》でる父親の優《やさ》しい手の感触が甦《よみがえ》ることがある。

暗示が解けたばかりの頃は、その度に鳥肌を立てていたものだ。

でも、最近は少しだけ懐かしいと思う。

(時間が経ったからかな)

暗示が解けて以来、子供時代の夢を頻繁に見ることはなくなった。

生々しかった記憶は遠くなり、徐々に思い出になっていく。

懐かしいなどと思えるのは、たぶん、今の自分がそれなりに幸せだからだ。

「――ん？」

ふと、木陰に動くものを見つけて、明生は苦笑した。

「おい、いい歳《とし》してかくれんぼか？」

「あ、見つかっちゃった」

声を掛けると、保子《やすこ》が残念そうに木の陰から顔を出す。

「明生のことだから、あたし達がいると素直に手を合わせないいんじゃないかと思って隠れてたのに……」

「おまえらがいようといまいと、手なんか合わせねぇよ」

リクエストに応じて、派手な花束を持参するだけでも上出来だ。

「だから無駄だって言っただろうが……」

保子の後ろから現れた猛《たけし》が、気まずそうに呟《つぶや》いた。

「よう、久しぶり。わざわざ墓参りに来てくれたことには礼を言うよ」

「小野瀬翁には世話になったしな。――ひとりなのか。番犬はどうした？」

「信矢なら、下で待ってる」

「『待て』？　相変わらずだな」

いまだに信矢を犬扱いする猛が、鼻で笑った。

猛は、普通に大学を卒業した後、グループ内ではかなりの権力を持つ父親の傘下には入らず、素性を隠して小野瀬グループ内の一企業に就職した。

平社員からはじめて、かなりの勢いで昇進しているようだ。

本人にはまだ言ってないが、明生は猛が三十歳を超えたあたりで、自分のところに引き抜く心づもりでいる。

（たぶん、イヤとは言わないよな）

小野瀬グループのトップに立った明生をいまだに馬鹿呼ばわりするぐらいだし、散々嫌味は言っても、決して見捨てはしないだろう。

明生は、一般社員の事情や心理状態を正確に把握している、普通の感覚を持った信頼の置ける人間の助言が欲しいのだ。

まともとは言えない環境で育ったせいで、明生も信矢も、そこらへんはやはりわからないから……。

「なあ、その腹、でかくなりすぎじゃねえ？」

明生が放り投げた花束を、備え付けの花瓶に活けている保子を見て、明生が言った。

「大丈夫よ。これで順調なの」

大きなお腹《なか》を抱えた保子が、猛の手を借りながら立ち上がる。

あとひと月ていどで産まれる予定だ。

このふたりが結婚して五年、保子が子供の頃に投与されていた薬物の後遺症のせいで、なかなか子宝に恵まれなかったふたりにとってははじめての子供で、密かに明生もかなり楽しみにしている。

「そうか？　太りすぎに見えるけどな」

「明生ってば、ひっどい！　いくつになっても口が悪いんだから。赤ちゃんが生まれても抱かせてあげないからね」

「へ、どうせ小野瀬系列の病院で出産するんだろ？　オーナー権限で勝手に抱かせてもらうさ」

「それって横暴！」

「ヤコ、馬鹿にかまうな。胎教に悪い」

怒る保子を猛が宥《なだ》めた。

「そうね。――お墓参りも済んだし、もう行きましょ」

つーんと、そっぽを向いた保子が、猛を促して帰って行く。

（おお、怒った怒った）

保子は、以前に比べると、随分と感情の幅が広がった。

いまだに無邪気さは失っていないが、大人の女性にふさわしい落ち着きも身につけつつある。

ずっとカウンセリングを行ってくれていた医者も、もはや問題はないだろうと言ってくれているらしい。

「おい、石段、気をつけろよ」

でかい腹で足元が見えないんじゃないかと心配して声を掛けたら、猛が振り向いた。

「大丈夫だ。——またな」

保子の身体に腕を回して、寄り添うようにして帰って行く。

(……羨《うらや》ましいことで)

人前でもかまわず寄り添い、支え合うふたりのその姿。

そんなふたりの姿を見て、不意に懐かしい昔の気持ちが甦ってくる。

あのふたりの関係を羨ましいと密かに感じていたのは、自分達の関係の歪《ゆが》みに無意識のうちに気づいていたからだ。

正面から向き合えている今は、羨ましがる必要などないはずなのに……。

(『待て』……か)

明生は、小野瀬翁の墓に視線を戻した。

待てと言ったのは確かに明生だったが、それは信矢の気持ちを思いやってのことだった。

信矢は、ここには近寄りたくないだろうと……。

小野瀬翁は、死の間際になって、ずっと遠ざけていた信矢を側に呼んだ。

そして、その手首をつかんで言ったのだ。

——次に明生を裏切ったら殺す。わしは地獄の底からでも戻ってくるぞ、と……。

それだけで済んだのなら後味の悪い話で済んだのだが、この話にはもうひとつおまけがついていた。

信矢の手首に、そのときの小野瀬翁の指の痕《あと》が痣《あざ》になってくっきり残ってしまったのだ。日が経っても、その痣は消えなかった。

死に瀕した老人の手に、それほどの握力があるとは思えない。

ではなぜ消えないのかと考えると、怪談じみた想像に行き当たってしまう。

(爺さん、いくらなんでも、あれはやり過ぎだって)

さすがに、こればかりは明生も笑えなかった。

信矢に至っては、手首の痣を見る度に表情を曇《くも》らせるようになった。

見ていられなくなった明生は、その痣を隠すようにと、信矢の手首に合わせて特注の黒革のリストバンドを作って与えた。

信矢はずっと、それを愛用している。

(昔と逆だ)

かつて明生が信矢にもらった黒革の腕時計は、あの後、一度も身につけていない。

護身用のグッズとしては役に立たないあの腕時計は、暗示というエサにつられた信矢の、歪んだ独占欲の表れだろうと思うから……。

（じゃあ、俺は……）
どんなつもりであれを与えたのか……。
そう考えた瞬間、ゆらっと感情が揺らいだ。
信矢の手首を、いつも自分が与えたものが縛っている。
そんな奇妙な満足感が心を揺らす。
あの男は自分のものだという所有の喜び……。
（——んな疚《やま》しい気はないって）
明生は軽く首を振って、嫌な感情を振り払った。
痣を見る度に暗い表情をする信矢を見ていられなかったから、あれを与えた。
あれは、縛るためのものじゃない。
見たくないものを、隠すためのもの。
（……あー、そうか。目をそらしてるだけなのか……。だから、信矢は——）
「……俺も、間違ってたかな」
明生は、ため息をつきながら、ひとり呟《つぶや》いた。

☆

石段をひとりで昇って行く明生を、信矢は黙って見上げていた。

子供の頃の彼だったら、きっと途中で振り向いて手を振っていただろう。

(……振り向きもしない)

だが、今の彼は決して振り向かない。

ただ前だけを見て、まっすぐに進んで行く。

今の明生は、そういう潔さを持つ青年だ。

明生の姿が見えなくなるのを確認してから、信矢は視線を地上に戻した。

明生の暗示が解けた後、信矢は明生の性格の変化に随分と戸惑った。

ベッドでは情熱的に求めてくるのに、部屋でふたりきりでいても以前のようには甘えて来ない。

そんな態度を見ているうちに、口では愛していると言ってくれていても実はそうではないのではないかという疑いの心も徐々に芽生えた。

小野瀬グループ内における信矢の力を必要とするあまり、嘘《うそ》をついてまで身体を委《ゆだ》ねてくれているのではないかという疑いが……。

だが、そんな疑いも、今となっては笑い話だ。

今の信矢は、かつて明生が拗《す》ねたり甘えたりしたのは、暗示に縛られていたがゆえの依存心の表れだったのだと理解している。

本来の明生は、無駄を嫌う、ドライな性格だったのだ。

――今後は小野瀬グループを徐々に縮小していく。

一年前にグループの首脳陣だけを集めた会議の際、明生はそう宣言した。

負の財産という絶大な影響力と収入源を失いつつある今、グループをそのままの勢力で維持し続けるのは不可能だ。

過去の栄光にしがみつき、ずるずると体面だけを取り繕っていけば、いずれは無理が出て取り返しのつかないことになる。

余裕のある今のうちにグループ内を整理して、地力を高めておくべきだと……。

古参の首脳陣の中には反対する者もいたが、あくまでも少数派。

ほとんどの者は、権力に固執しないその冷静な決断を支持した。

若き支配者は、その冷静な判断力で認められ、今では若手の重役達から一種のカリスマとして崇《あが》められつつあるようだ。

グループ内での評価が高まるにつれ、明生の存在は経済界でも好印象で受け入れられるようになっている。

最近では、明生とのパイプを繋げたいと願う権力者達の令嬢との縁談が、それとなく打診されるようになっている。

その縁組みの中には、応じさえすれば小野瀬グループを現在の勢力のままで維持できるだけの力を得られるものもあった。

「悪い話ではありません。どうなさいますか？」

側近という立場から、信矢は私情を抑えて、そう聞いてみた。

明生は、鼻で笑った。

「それで、その女に一生媚《こ》びを売れってのか？　そんな面倒なこと、この俺にできるもんか」

付け焼き刃の対処法には頼らないと、明生は断言する。

そして。

——俺は、おまえがいればいい。

そう言って、信矢に手を差し伸べてくれる。

誰もが欲しがる、魅力に満ちあふれた眩《まぶ》しい存在に唯一の者として求められる。

それは、信矢にとって至福の瞬間だ。

しなやかなあの身体を抱きしめる度、こみ上げてくる愛しさに眩暈《めまい》がするほど……。

(俺は、まだ必要とされている)

そして、明生の側にいることを許されている。

信矢は手首を縛るリストバンドに、無意識に触れていた。

「——本当に待ってやがる」

声につられて顔を上げると、沢井《さわい》夫婦が寄り添い合うようにして石段を下りてきていた。

「墓参りに？」

「まあな。――で、おまえはこんなところで足踏みか？　油断しすぎじゃねぇか？　俺が明生に害意を持ってたら、今ごろあいつは死んでるぞ」

番犬の分際で私情を挟むなと、猛に冷ややかに睨《にら》まれた。

事実なだけに、ぐうの音も出ない。

信矢は、この男がずっと苦手だった。

肩書きからすれば、小野瀬グループ傘下の企業に勤める一社員でしかなく、中枢で働く信矢とは格がちがう。

だが、猛は常に明生の友人としてのスタンスを崩《くず》さない。

私人としての立場で、鋭く信矢を断罪する。

「明生が拘《こだわ》ってねぇのに、おまえが足踏みしててどうするんだ。あいつを大事だと思ってるんなら、なりふりかまわず側《そば》にいろ」

さっさと行けとせっつかれて、信矢はためらいながらも石段に足を乗せた。

（……側に、か）

もちろん、そうしている。

明生に求められているときは……。

だが、過ちを犯した身だけに、自分からは近寄れない。

いまだに明生は、信矢がかつて犯した過ちを許してくれてはいないのだから……。

☆

「——ん？」

靴音が聞こえて明生が振り向くと、こちらに向かって歩いてくる信矢の姿がそこにあった。

「どうした？　猛になんか言われたか」

信矢は、微かに眉根《まゆね》を寄せて頷《うなず》く。

「番犬の分際で仕事に私情を挟むなと……」

自分に害意があったら、今ごろ明生は死体になっていると言われて、石段を上がってきたのだとか……。

「それもそうか。ここは安全だからと油断し過ぎたかな。……もっとも、ここまでおおっぴらに来れる奴に殺されるんなら、仕方ないと諦《あきら》めもつくが」

ここに来られるのは明生自身が信頼している者だけ。

自分には人を見る目がなかったのだと諦めることもできると肩を竦《すく》めると、信矢は嫌そうな顔をした。

「自分自身を軽んじるようなことを言われては困ります」

「わかってるって……」

信矢が番犬呼ばわりされる立場に甘んじ、常にこの身を気遣ってくれるのも、私情ゆえだってことも、よくわかってる。

明生が縛っているからじゃない。

だから……。

「信矢、右手」

声を掛けると、信矢は怪訝《けげん》そうな顔をしつつも、明生に向けて右手を出した。

「もう隠すのは止めだ」

明生はその手首から、リストバンドを外して、ポイッと放り投げる。

「これは、俺を愛してくれていた人の愛情の証《あかし》だ。――そう思って、我慢してくれ」

「あなたが、そうおっしゃるのなら……」

それでも、信矢はちょっと嫌そうだ。

(無理もないか……)

あの痣を見る度、信矢は過去の過ちを思い出して嫌な気分になるのだろう。

だから、もう終わらせよう。

「なあ、信矢。帰ったら、話をしようか」

「なんの話です？」

「爺さんにここまでさせる原因になった間違いの話」

あのときは、すべてに蓋《ふた》をして、ただ前に進むことしかできなかったが、今ならきっと穏やかに話ができるはず。

「最近、あの頃が少し懐かしい。……だから思い出話をしないか。酒でも飲みながらさ。――嫌か？」

聞くと、信矢は少し苦い顔で微笑んだ。

「あなたがそれをお望みなら、お付き合いしましょう」

「うん。決まりな」


あの日々が遠くなった今なら、この胸が痛みにさざめくこともない。

思い出話を肴《さかな》に、ふたりで苦い酒でも飲みながら、過去の過ちを笑い飛ばしてやれる。

(それで、信矢の罪悪感が少しでも薄れれば良いけどな)

罪悪感が薄れれば、あの手首の痣を見ても、さほど嫌な気分に陥ることもないだろう。

信矢が気にしなくなれば、あの痣も消えていくかもしれない。

明生は漠然とだが、そんな風に感じたのだ。

あの痣が消えないのは、小野瀬翁の執念のせいだけじゃなく、信矢自身の罪の意識が関わっているんじゃないかと……。

元来、信矢は生真面目な男だ。

自分の過ちが許されなかったことを、しつこく気に病んでいる可能性は大だ。

(あのとき、俺は自分の心を守ることしか考えなかった)

信矢の心の痛みを思いやる余裕はなかった。

でも、今なら、きっと言える。

あの日言えなかった、『許す』の一言が……。


「信矢、手」

もう一度声を掛けて、出された信矢の手を、明生は強引に握った。

「どうしたんです、珍しい」

信矢は、そんな明生の態度に怪訝そうな顔をする。

暗示が解けた後の明生は、必要以上に愛情の証を欲しなくなり、恋人らしい日常のスキンシップとはめっきり縁がなくなっていたせいだ。

「なんか、懐かしくってさ。……こういうのもたまには良いよな」

ごく自然に手を繋いで歩く。

子供の頃のふたりは、そんな優しい関係だった。

そして今も、望むのは同じこと……。

支配したいわけでも、縛りたいわけでもない。

支え合うのが当たり前の、優しい絆《きずな》を繋いでいたい。

それが明生が自分で見つけた愛し方だ。

(もう、間違えない)

指を絡めなおし、ぎゅうっと強く握った。

「……そうですね」

その手を見つめる信矢の紅茶色の瞳は、静かで暖かな色を湛《たた》えている。

「じゃ、帰るか」

明生は安心して、足を前に踏み出した。

あとがき

こんにちは、もしくは、はじめまして。黒崎あつしでございます。

梅雨入り前の貴重な晴れ間、窓を開け、布団を干して小さな幸せを感じてます。

さてさて、今回は『甘い首輪』『優しい鎖』に続く、シリーズ最終話となります。

前二作では、盲目の幸福を満喫していた明生ですが、とうとう試練が訪れます……。

最終話ということで、緊張しつつも頑張って書き上げました。


街子マドカ先生、キャラクター達に命を吹き込み、活き活きと動かしてくださったことに感謝しています。最後までお付き合いくださって、ありがとうございました。

毎度毎度ご迷惑をおかけしている担当さんにも、心からの感謝を。

この本を手にとってくださった皆さまが、少しでも楽しいひとときを過ごされますように。

またお目にかかれる日がくることを祈りつつ……。

二〇〇八年六月　黒崎あつし

✦初出　愛しい鍵……………書き下ろし
　　　　手首の影……………書き下ろし

黒崎あつし先生、街子マドカ先生へのお便り、本作品に関するご意見、ご感想などは
〒151-0051 東京都渋谷区千駄ヶ谷4-9-7
幻冬舎コミックス　ルチル文庫「愛しい鍵」係まで。

幻冬舎ルチル文庫

愛しい鍵

2008年6月20日　　第1刷発行

✦著者	黒崎あつし　くろさき あつし
✦発行人	伊藤嘉彦
✦発行元	株式会社 幻冬舎コミックス 〒151-0051 東京都渋谷区千駄ヶ谷4-9-7 電話 03(5411)6432[編集]
✦発売元	株式会社 幻冬舎 〒151-0051 東京都渋谷区千駄ヶ谷4-9-7 電話 03(5411)6222[営業] 振替 00120-8-767643
✦印刷・製本所	中央精版印刷株式会社

✦検印廃止

ISBN978-4-344-81359-5　C0193　Printed in Japan